Joseph Alexander Helfert

Erzherzog Franz Karl

Ein Lebens- und Charakterbild

Joseph Alexander Helfert

Erzherzog Franz Karl
Ein Lebens- und Charakterbild

ISBN/EAN: 9783743635890

Hergestellt in Europa, USA, Kanada, Australien, Japan

Cover: Foto ©Raphael Reischuk / pixelio.de

Weitere Bücher finden Sie auf **www.hansebooks.com**

Erzherzog

Franz Karl,

Kaiserl. Prinz von Oesterreich, königl. Prinz von Ungarn und
Böhmen etc. etc. etc.

Ein

Lebens- und Charakterbild

von

Freiherrn v. Helfert.

Wien, 1879.

Verlag des österr. Volksschriften-Vereines.

Druck von Ludwig Mayer, IV., Hauptstraße 11.

1.

„Ihre Majestät die Kaiserin", so stand an der Spitze von Nr. 99 der „Wiener Zeitung" Sonnabend den 11. December 1802 — selbe erschien damals nur zweimal die Woche, Mittwoch und Samstag — „sind Dienstag den 7. d. M. nachmittags um halb. 5 Uhr, zur innigsten Freude des Hofes, der Stadt und aller Unterthanen, von einem Erzherzog glücklich entbunden worden." Am Tage darauf, Mittwoch den 8. December um die Mittagstunde, wurde der junge Prinz auf einem goldstoffenen Polster, den der Erste Oberſthofmeiſter des Kaiſers Georg Adam des Heil. Röm. Reichs Fürst von S t a r h e m b e r g, unterstützt von den k. k. Kämmerern Prince Charles de L i g n e und Johann Nep. Fürst C l a r y - A l d r i n g e n, auf seinen Armen hielt, aus den Appartements der Kaiserin bis in die erste Antecamera des zweiten Stockwerkes getragen und daselbst der Aja Maria Anna Thereſia von E r b n a, gebornen Gräfin von A u e r s p e r g, übergeben. Der Zug bewegte sich nun wieder in das erste Stockwerk hinab, wo in Gegenwart Sr. Majestät des Kaisers und des ganzen in höchster Gala aufgebotenen Hofstaates die Taufe vorgenommen wurde. Taufpathe war Erzherzog K a r l, der sich dabei — es wird nicht gesagt aus welchem Grunde — durch seinen jüngern Bruder Erzherzog A n t o n vertreten ließ. Die heilige Handlung nahm der Patriarch von Venedig Cardinal Ludovico F l a n - g i n i unter Assistenz zweier Prälaten vor; der Täufling erhielt die Namen F r a n z K a r l J o s e p h. Abends war zu Ehren des freudigen Ereignisses freier Eintritt in beiden Hof-Theatern. „Donnerstag, gestern und heute", so schließt der amtliche Bericht der Wr. Ztg., „von 12 bis

2 Uhr nachmittags und von 5 bis 7 Uhr abends wurde von dem Ersten Obersthofmeister Ihrer Majestät der Kaiserin Anton Gotthard Grafen von Schaffgotsche den Cavalieren, und von Allerhöchstdero Obersten Hofmeisterin Antonia Gräfin von Bratislav geb. Gräfin Kinsky den Damen, über Ihrer Majestät und des neugeborenen Erzherzogs Wohlbefinden Auskunft ertheilt."

Nach dem Wiener Kaiserfitze gab es keinen Ort, wo man über die glückliche Niederkunft und die erfreuliche Folge derselben innigere Theilnahme bezeugte, als in Neapel. Schon am 28. November hatte Königin Karolina in einem an ihre vielgeliebte älteste Tochter die Kaiserin Theresia gerichteten Briefe, nachdem sie derselben von den Sorgen und Kümmernissen ihrer Lage gesprochen, hinzugefügt: „Indessen hoffe ich, daß ich für alles werde schadlos gehalten werden durch die Nachricht von Deiner glücklichen Entbindung, und zwar von einem hübschen Knaben, es beschäftigt mich dies überdiemaßen, ich bete zu Gott und lasse zu ihm beten." Denn es war am Königshofe von Neapel fromme Uebung, bei wichtigern Vorfällen öffentliche Andachten in den Kirchen zu veranstalten, an denen sich die ganze Bevölkerung betheiligte. Vierzehn Tage später, 13. December, hielt es die Königin vor Ungeduld kaum mehr aus: „Jeder Lärm bei Tag oder bei Nacht, und ich glaube, es sei eine Botschaft von Deiner glücklichen Niederkunft; Dein Herz würde sicher gerührt sein, wenn Du all' die Theilnahme wahrnehmen könntest, die ich, meine theure Familie, mein ganzes Haus an Deiner kostbaren Gesundheit und Erhaltung nehmen." Endlich kam die heiß ersehnte Nachricht von dem glücklichen Ablaufe des Ereignisses, und in der That, wie es sich die Großmutter gewünscht hatte, mit einem Prinzen als neuem Weltbürger. Die Freude Karolinens war unbeschreiblich. „Ich habe geweint vor Entzücken", schrieb die lebhafte Königin am 21. December ihrer kaiserlichen Tochter, „ich habe Gott gepriesen und bin noch jetzt in einem Taumel. Deine lieben Zeilen, Deine gefühlvollen Nachfragen und Aufmerksamkeiten haben diesen Taumel der Entzückung, der Seligkeit, der Befriedigung nur gesteigert. Möge Gott Dich segnen, möge Er Dein

Tröfter fein, wie Ihn darum mein zärtliches Herz bittet, möge Er Dich glücklich und zufrieden machen. Ich kann von nichts sprechen als davon, nichts denken, nichts athmen als dies!" Und am 31.: „Dieser theure Neugeborne wird, ich hoffe es, Dein Trost und Deine Stütze fein; er trägt einen fo theuren Namen, einen von fo guter Vorbedeutung; ich felbst fühle eine ganz befondere Zärtlichkeit für diefes theure Kind."

Der kaiferliche Kammerdiener Sebaftian Schmidmayr, der die frohe Botfchaft gebracht hatte, wurde bei Hofe mit Liebesdienften und Aufmerkfamkeiten überfchüttet. Erft gab ihm die Königin einen Begleiter mit, damit er fich, da er des Italienifchen nicht mächtig war, in Neapel zurechtfinde und alle Merkwürdigkeiten der füdlichen Hauptftadt befehen könne. Nachdem er das volle zehn Tage genoffen, wurde er nach Caferta befchieden, um ihm auch dort alles zu zeigen, vorzüglich das königliche Luftfchloß Belvedere mit den prachtvollen Gärten und weltberühmten Wafferkünften und Cascaden, und die vom Könige Ferdinand IV. angelegte und mit befonderer Vorliebe gepflegte Colonie San Leucio. Dann nahm ihn die königliche Familie wieder mit fich nach Neapel, von wo er erft um Mitte Januar mit Briefen, Gefchenken und Segens- wünfchen für das kaiferliche Haus entlaffen wurde.

* * *

Die erfte Obforge und Pflege genoß der kleine Erzherzog in Gemeinfchaft mit feinen nächftältern Gefchwiftern, Jofeph, Leopoldine, Maria Clementine und Karolina unter Leitung der Aja Gräfin v. Brbna.*) Der Kronprinz Ferdinand und die Erzherzogin

*) Kammer Sr. königl. Hoheit ꝛc.
Aja: Gräfin Brbna.
Kammerfrau: M— Francisca Timald.
Kammerdienerinen: Mme. Antonia Billemann.
                    Elifabeth Turteltaub von Turnau.
Kammermenfch (1848 Kammermädchen): Eleonora Fürft.
Leibwäfcherin: Katharina Silva.
Eytrameib: Juftina Hartmann.

3

Maria Louise hatten bereits ihre besondere Leitung, was von 1803 auf 1804 auch mit dem Erzherzog Joseph stattfand, wogegen die Kinderstube an der Prinzessin Maria Anna, geboren 8. Juni 1804, einen Zuwachs erhielt. Erst mit dem Jahre 1806 kam unser kleiner Erzherzog aus der Obhut der gräflichen Aja unter die Leitung Demetrius von Görög's, später k. k. Hofrathes, der als Kammer-Vorstand zugleich für die drei, und nach Erzherzog Joseph's frühem Tode, † 29. Juni 1807, für die zwei Prinzen des Kaisers Franz fungirte. Auch den Erzieher Johann Wilhelm Ribler hatten sie die erste Zeit gemeinschaftlich, bis derselbe 1807 mit dem k. k. Hof-Secretär Anton Simon für den Kronprinzen allein bestimmt wurde, während bei dem jüngeren Prinzen Franz v. Sommaruga und Joseph Obenauß als Erzieher wirkten. Vorzüglich der erstere, ein junger Rechtsgelehrter von ausgezeichneten Geistes- und Herzensgaben, theoretisch und praktisch gebildet, trat zu seinem empfänglichen Zögling in ein näheres Verhältnis.*)

Leiblakaien (gemeinschaftlich mit den jüngeren Geschwistern):

Leopold Knapp (1806 Georg Ofterberger).
Benedict Stiegner.
Anton Biedermann.
Franz Schreckenstein.
Joseph Kirchner.
Michael Göber.
Jacob Peter.

Johann Treubl.
Niclas Rupprecht.
Michael Ott.
Simon Balbas.
Jacob Treubl.
Georg Roljdorfer.
Peter Goller.

*) Die unteren Organe der Kammer des Erzherzogs waren jetzt:
Kammerdiener: Franz Borlovelv.
    Johann Capt. Mitterfteller (1829 Jof. Stabler).
Kammerheizer: Anton Schwarzbrunner (1812 Joseph Stabler).
Leiblakaien: Laurenz Treubl.
    Joseph Stabler (1812 Anton Biedermann, 1811 Karl Rusitka, 1824 Vincenz Zimmert).
    Leopold Knapp (1818 Mathias Huber).
    Jacob Peter (1811 Stephan Popovic, 1813 Leopold Latour).
Leibwäscherin: Katharina Silva.

Es kam das sturmbewegte Jahr 1809, wo der siebenthalbjährige Erzherzog traurige Gelegenheit finden sollte, manche der weiten Gebiete seines kaiserlichen Vaters kennen zu lernen. Nachdem man ihn schon als Kind, vier Jahre früher, bei dem ersten Eindringen der Franzosen aus Wien genommen hatte, ging es jetzt zu Anfang Mai 1809 abermals mit fluchtähnlicher Eile nach Ofen, von wo F r a n z K a r l mit den drei jüngeren Prinzessinen M a r i a, K a r o l i n a, M a r i a A n n a am 19. nach Erlau und später nach Großwardein geleitet wurde; dann verbrachten sie eine Zeit in Taschau und wieder in Ofen, bis sie in den ersten Wochen des Jahres 1810 nach Wien zurückkehren konnten. Hier fanden bald darauf die Aufzüge und Feierlichkeiten statt, welche die älteste Schwester M a r i a L o u i s e nach Frankreich entführten, die von da zu gewissen Zeiten reiche Geschenke nach Wien sandte; z. B. noch in demselben Jahre einen ganzen Artillerietrain, in mehrere Kisten verpackt, als Spielzeug für den jetzt achtjährigen Prinzen. Aus den Briefen M a r i a L o u i s e n' s fällt auch ein Streiflicht auf die Knaben-jahre unseres Erzherzogs, da sie ein paar Jahre später, 31. Jänner 1813, dem Kaiser F r a n z ihren Erstgebornen mit den Worten schildert: „Er ist sehr lustig und muthwillig, wie Bruder F r a n z als er klein war."

Im Jahre 1815 trat zu den Civil-Erziehern des Erzherzogs der Obrist August v. E c k h a r d t, der ihm für die militärische Ausbildung zugetheilt wurde. Fast noch in der Wiege, seit 1804, Inhaber des Fünfkirchner Linien-Infanterie-Regimentes Nr. 52 erhielt F r a n z K a r l im Jahre 1817 Obristen-Rang und um dieselbe Zeit die Aufnahme in den Orden des goldenen Fließes. Zwei Jahre später, 1819, hatte A. v. E c k h a r d t seine Aufgabe bei dem Prinzen vollendet und avancirte zum General-Adjutanten Sr. Majestät des Kaisers.

Erzherzog F r a n z K a r l scheint zu keiner Zeit für die militärische Laufbahn besondere Neigung bekundet zu haben; dagegen finden wir ihn bald im Kreise friedlichen Wirkens gezogen. Im Jahre 1822 trat er der k. k. Landwirthschafts-Gesellschaft in Wien als Mitglied bei, deren Protector sein gefeierter Oheim Erzherzog J o h a n n war; im Jahre darauf nahm er die Ehren-Mitgliedschaft der „k. k. Gesellschaft zur Beförderung des Ackerbaues, der Natur- und Landeskunde im Markgrafthum Mähren und Herzogthum Schlesien" an, die damals unter dem Protectorate des Landes-Chefs Anton Friedrich Grafen von Mitrovský stand.

* * *

Das Jahr 1824 bezeichnete einen wichtigen Abschnitt im Leben Franz Karl's. Er hatte sein einundzwanzigstes Lebensjahr vollendet und damit nach den Gesetzen des Erzhauses seine Selbstständigkeit angetreten. An die Stelle des früheren Kammer-Vorstandes trat nun ein Obersthofmeister in der Person des Hofkanzlers Peter Grafen von Goëß, an die Stelle der bisherigen Erzieher zwei Kammerherren, der Obrist im 1. Chevauxlegers-Regiment Franz Graf von Coudenhove und der Obrist-Lieutenant im 6. Kürassier-Regiment Eugen Graf Fallenhayn. Noch in demselben Jahre fiel ihm das Glück zu, eine Lebensgefährtin an seine Seite zu fesseln, Prinzessin Sophie von Bayern, vermählt 4. November 1824, die mit allen Reizen der Erscheinung die höheren Vorzüge eines ebenso feinen Geistes als reichen Gemüthes verband. Die ersten fünf Jahre des sonst so begünstigten Bundes blieben kinderlos. Erst mit Eintritt des Jahres 1830 konnten die fürstlichen Gatten Hoffnungen hegen, die gegen Mitte August ihrer Erfüllung entgegengingen. Es war am Vormittag des 18., als von der Bastei nächst dem Burgthor der erste Kanonenschuß ertönte, der mit einemmal athemlose Spannung über ganz Wien verbreitete, bis der zweiundzwanzigste in die Lüfte donnerte und es laut in allen Straßen widerhallte: „Ein Kronprinz!" Anton Langer, damals Schuljunge bei St. Joseph ob der Laimgrube, beschreibt es uns, wie sich mit diesem Ruf die Knaben nicht mehr halten lassen, wie sie voll Jubel aus der Lehrstube auf die Straße hinausgestürmt, dem Burgthor zu, von dessen Höhe noch fortwährend Schuß auf Schuß krachte. Doch hören wir ihn selbst:

„Da kam ein offener Hofwagen aus der Stadt herausgefahren und in demselben saß der uns allen wohlbekannte Erzherzog Franz, der seinem kaiserlichen Vater persönlich in der Burg Bericht erstattet hatte und nun zu seiner erlauchten Gattin Erzherzogin Sophie nach Schönbrunn zurückfuhr. Ein unaussprechlicher Ausdruck von Glück und Freude lag auf dem Antlitze des Erzherzoge, der, damals achtundzwanzig Jahre alt, zum erstenmal nach sechsjähriger Ehe mit einem Kinde, obendrein einem Prinzen, beglückt worden, welcher, wie man damals schon mit Grund annahm, bestimmt war dereinst den Thron der Habsburger zu besteigen. Wir Buben aber ließen es uns nicht nehmen dem Hofwagen das Geleite zu geben, wir rannten neben demselben her: Halloh! halloh! Und wenn ein Dutzend auch ermattet zurückblieb, so schlossen sich in der langen Mariahilfer-Straße immer wieder neue Rudel an, welche die ganze Vorstadt bis zur Linie aufspectaculirten: Halloh! halloh! Der Erzherzog grüßte seelenvergnügt nach rechts und nach links die getreuen Laimgruber und Mariahilfer, welche freudestrahlend die Hüte und Mützen zogen, und lächelte freundlich den schreienden Jungen zu. Mit einemmal erhob er sich im Wagen und trotz der Sehnsucht, die er wohl empfand, seine Gattin und sein Kind so schnell als möglich wieder zu sehen, rief er in seinem Wiener Dialekt dem Hofkutscher zu: „Fahrt's nöd so g'schwind, die armen Buben rennen sich ja d'Lungelsucht auf'n Hals!" Diese aus dem trefflichsten Herzen kommenden Worte", so schließt Langer seine Schilderung, „so wie die lieben freundlichen Züge des Kaiser-Vaters sind mir seitdem unvergeßlich geblieben"*) . . .

Noch zweimal, 6. Juli 1832 Erzherzog Ferdinand Max, und 30. Juli 1833 Erzherzog Karl Ludwig, konnte Kaiser Franz sich als Großvater beglückwünschen lassen, bis er am 2. März 1835 nach einer dreiundvierzigjährigen Regierung das Zeitliche segnete.

*) „Der gute alte Herr", in der „Heimat" 1878 I. S. 418 f. Es ist Herrn Langer nur das Versehen zugestoßen, daß er an die Stelle des damals noch lebenden und regierenden Kaisers Franz den Bruder des Erzherzogs „Kaiser Ferdinand" setzte.

7

2.

Der Regierungsantritt seines Bruders Kaiser Ferdinand I. führte den Erzherzog Franz Karl aus den Kreisen der Privatthätigkeit, die ihm bisher ausschließlich offen gestanden, in jene der öffentlichen Verwaltung. Er wurde Erstes Mitglied der Obersten Staats-Conferenz unter dem Allerhöchsten Vorsitze Sr. Majestät des Kaisers, deren ständige Mitglieder außerdem Erzherzog Ludwig, Fürst Metternich und Graf Kolovrat waren; als zeitweilige Mitglieder fungirten „nach Maßgabe der Geschäftsgegenstände" die übrigen Staats- und Conferenz-Minister, die staatsräthlichen Sections-Chefs, die Staats- und Conferenz-Räthe, die Präsidenten der betreffenden Hofstellen. Franz Karl, er stand beim Tode seines erlauchten Vaters im dreiunddreißigsten Lebensjahre, brachte den Staats- und Regierungs-Angelegenheiten das regste Interesse entgegen, das durch Reisen die ihm im Laufe der Jahre die unmittelbare Anschauung aller Theile des Reiches seines kaiserlichen Bruders verschafften, durch fortwährende Audienzen bei denen er mit Personen aus allen Gesellschaftskreisen in Berührung trat, und ganz vorzüglich durch unausgesetzten Verkehr mit den Organen der verschiedenen Zweige der Administration so wie mit den Repräsentanten der Geschäftswelt, stets neue Anregung erhielt.

Mit seinem Eintritt in die Verwaltung traf unsern Erzherzog auch die Beförderung zum General-Major — er war Obrist seit 1818 —, auf welche später jene zum Feldmarschall-Lieutenant folgte. *)

*) Hofstaat des Erzherzogs Franz Karl seit 1825:
Obersthofmeister: FML. Rudolph Graf von Salis-Zizers; 1840 FML. Graf Eugen Falkenhahn.
Kammerherren: GM. Graf Consbenhove; 1810 Rittmeister Graf Ferdinand Warmbrand (1815 Major, 1847 Obristlieutenant).

H

Im Familienkreise erfreute ihn am 27. October 1835 die Geburt eines Töchterchens, Erzherzogin Maria Anna Karolina, der aber nur ein kurzes Dasein beschieden war — † 5. Februar 1840 —, und am 15. Mai 1842 das Erscheinen eines vierten Prinzen, Erzherzog Ludwig Victor.

Seit dem Regierungsantritt seines kinderlosen kaiserlichen Bruders galt der Erzherzog Franz Karl als Thronfolger, sein ältester Sohn als Erbprinz. Was sich seit diesem Zeitpunkte von Staatsbeamten und Würdenträgern, von Deputationen oder einzelnen Bittstellern in Wien einfand, oder was sonst vor dem Thron ein Anliegen hatte oder sich vorstellen zu müssen glaubte, nahm vom Kaiser regelmäßig seinen Weg zum Erzherzog, der sich bei diesen Anlässen eingehend und in wohlwollendster Weise um alle Einzelnheiten zu erkundigen pflegte und dadurch bei seinem treuen Namen- und Physiognomien-Gedächtnis, einem Erbstück seines erlauchten Hauses, nicht blos den Kreis seiner persönlichen Berührungen fortwährend erweiterte, sondern zugleich eine Detail-Kenntnis der Zustände

---

Graf Eugen Fallenhayn; 1840 Rittmeister Karl Freih. v. Reischach (1842 Major, 1845 Obristlieutenant).

1836 mit der Dienstleistung bei Erzherzog Franz Joseph: Hauptmann Johann Graf Coronini-Cronberg (1837 Major, 1840 Obristlieutenant, 1845 Obrist).

1838 mit der Dienstleistung bei Erzherzog Ferdinand Max: Major Timothäus Graf Ledochowski; 1843 Major Franz Graf Gorizutti (1844 Obristlieutenant, 1846 Obrist).

1839 mit der Dienstleistung bei Erzherzog Karl Ludwig: Hauptmann Karl Graf Morzin (1840 Major, 1845 Obristlieutenant, 1847 Obrist).

Adjutant: Major Maximilian Graf Mervelbi (1837 Obristlieutenant, 1841 Obrist).

Secretär: Jur. Dr. Franz Seraph Erb, k. k. Hof-Secretär und Staatsraths-Official (1839 Regierungsrath).

Kammerdiener: Christian Fleischhader, Joseph Stabler.
Kammerheizer: Mathias Huber; 1846 Joseph Zaller.
Untercamera-Thürhüter: Leopold Latour; 1845 Joseph Zaller; 1846 Simon Rieder.

9

und Verhältnisse des Reiches gewann, die selbst erfahrene Staatsdiener in Staunen, minder geschulte, die nicht über alles gleich Rede stehen konnten worüber der Erzherzog Auskunft wünschte, nicht selten in Verlegenheit brachte. Von Kaiser Franz wurde erzählt, er habe bei seinen Audienzen hinter einer spanischen Wand einen Geheimschreiber gehalten, der die betreffenden Personen, und was der Kaiser mit ihnen gesprochen, habe aufzeichnen und in einem alphabetisch geordneten Zettel-Cataloge in Evidenz halten müssen; habe sich dann nach noch so langer Zeit jemand wieder zur Audienz gemeldet, so sei der betreffende Zettel herausgesucht und dem Kaiser vorgelegt worden, der sodann den Audienzwerber in nicht geringes Staunen dadurch versetzt habe, daß er ihm dessen Erscheinen vor so und so viel Jahren, und was damals zwischen ihnen verhandelt worden, zurückzurufen im Stande gewesen. Bei Franz Karl war von einer solch künstlichen Veranstaltung gewiß nichts vorhanden, aber die Wirkung war dieselbe, so daß er nach Jahren Personen, die früher einmal bei ihm etwas vorzubringen gehabt, wieder erkannte und sie nicht selten an die Gespräche erinnerte, die damals geführt wurden.

Als muthmaßlicher Nachfolger des Kaisers hatte Franz Karl den letzteren bei unterschiedlichen Anlässen zu vertreten, wie es auch sonst an Huldigungen aller Art für ihn nicht fehlte. So war es im September 1842 wo der Erzherzog von Wien zu den Waffenübungen unter Marschall Radecký nach Verona reiste. Den 23. kam er nach Laibach, wo er mit festlicher Beleuchtung empfangen wurde. Der 24. war den Vorstellungen und Audienzen gewidmet, deren Theilnehmer, mit der „Laibacher-Zeitung" Nr. 78 zu sprechen, nicht genug rühmen konnten, wie Se. Kaiserl. Hoheit „hiebei huldvollst mit jedem einzelnen der Vorgestellten die Verwaltungszweige und besondern Verhältnisse des Landes mit ausgedehntester Sach- und Ortskenntnis, so wie mit dem lebhaftesten Interesse für die Förderung der Landeswohlfahrt zu besprechen geruhte." Am 25. fand die feierliche Eröffnung der neuen Quaderbrücke statt, welche anstatt der alten schadhaften Holzbrücke errichtet worden war und für welche sich die Stadt die Namen Franz Karl's erbeten hatte; als der

Erzherzog der erste über die Brücke fuhr und sie damit dem Gebrauche übergab, wurden am Schloßberg die Kanonen gelöst, um weit in das Land hinein das Ereignis zu verkünden. Am 26. September erfolgte die Abreise nach Triest und von da über Venedig nach Verona; sodann ein Ausflug nach Dalmatien, und in den ersten Novembertagen die Rückkehr nach Wien.*)

* * *

Aus jenen Jahren schreibt sich auch die Popularität her, deren sich der Erzherzog bei allen Classen der Bevölkerung mehr und mehr erfreute. Er kannte alle Welt, und alle Welt kannte ihn. Wenn er seinen Rund-gang über die Basteien machte, die Erzherzogin Sophie am Arm und die drei älteren Prinzen vor ihnen, oder wenn ihn sein Sechser-Zug durch die Straßen der Stadt und die Alleen des Praters führte, gab es ein unausgesetztes Grüßen, so daß der Erzherzog den Hut, dessen Krempe gar bald abgegriffen war, ohne Unterlaß vom Kopfe nahm und wieder dahin zurückführte. Um keinen Preis würde er einen Gruß uner-widert gelassen haben; eher war es er selbst, der den Hut zog, wenn ihn ein Entgegenkommender etwa nicht kannte oder nicht schnell genug bemerkte. Ich gedenke dessen oft, wie ich eines Tages, frisch „aus der Provinz" nach Wien gekommen und im Hochgefühle als regierender „Concepts-Practicant der k. k. Hof- und niederösterr. Kammer-Procuratur" die Jägerzeile hinabstolzirend, mich plötzlich aus einer dahinrollenden Staats-Carrosse höflichst gegrüßt sah; natürlich, daß ich rasch den Hut zog, zugleich aber neben und hinter mich blickte, ob das Compliment nicht etwa jemand anderem gegolten habe; es war aber außer mir niemand zur Stelle. . . .

Franz Karl war von je ein Freund der Natur und als solcher ein Liebhaber der Jagd. Schon zu Anfang der zwanziger Jahre pürschte

*) V. v. Radics, Erzherzog Franz Karl und die Stadt Laibach; Feuilleton der „Laibacher Zeitung" 1878 Nr. 59 vom 12. März.

er mit seinem Onkel Ludwig im Nieder-, Weidlinger- und Dornbacher-Revier, in den Stift Schotten'schen und Fürst Schwarzenberg'schen Böden, vor allem im Hüttelsdorfer Forste auf Füchse und Schnepfen. Ein beliebter Jagdausflug war der „Thiergarten"; Franz Karl fuhr dann von Wien aus mit seinem Sechser-Zug bis Schönbrunn, von da mit einem Vierspänner bis Maria-Brunn. Im Thiergarten war es, wo er gegen Ende der Dreißiger-Jahre einen Wolf schoß, der über eine an der Lainzer Seite zusammengewirbelte Schneewehe über die Mauer gekommen sein mochte. Die Jagden ordnete der Erzherzog immer selbst an und bestimmte jedesmal das Gehege, das er für den kommenden Tag ausersehen hatte. Der Erzherzog war aber nicht blos ein vortrefflicher Schütze, er war Waidmann im besten Sinne des Wortes. War ihm das Glück einmal nicht günstig, so war sein Jägergewissen befriedigt, wenn es nur gelungen war das Wild abzuspüren, und wenn er sich überzeugt hatte daß die Jagd gut eingestellt gewesen und regelrecht von statten gegangen sei; er hatte dafür ein feines Auge und geübtes Urtheil. Sein vortreffliches Gedächtnis bewährte sich auch in dieser Richtung. „Er kannte", heißt es in der „Jagdzeitung" von 1878, „jeden Bezirk mit Namen und Gränzzug, jeden Graben, jede Schlucht. Kein Waldweg, nicht die verborgensten Steige oder die dieselben mehrfach durchkreuzenden Wechsel waren ihm unbekannt. Wenn er aus dem Dickicht auf hochgelegene Lichtungen hinaustrat, von wo sich dem Auge eine Fernsicht öffnete, da wußte er bis in das tiefe Steyerland hinein jede Bergkuppe mit Namen zu bezeichnen."

Dieser Jagdlust, dieser Liebe zur offenen freien Natur, diesem Vergnügen an Wald und Waldesduft, am „Waldweben", wie es Richard Wagner so treffend ausdrückt, verdankten es die lauschigen Plätze um Hainbach, daß sie dem Wiener zugänglicher gemacht wurden. Die spiegelglatte Straße von Maria-Brunn nach Mauerbach, jene seitwärts in die Hainbacher Schlucht, die sich durch das Waldgebiet schlängelnden Promenade-Wege sind Anlagen des Erzherzogs Franz Karl. Er bediente sich dazu eines alten schlichten Teichgräbers Namens Jacob, mit dem er persönlich in dieser Angelegenheit verkehrte und der stets freien Zutritt bei ihm hatte. In der Zeit, da mit dieser Arbeit begonnen wurde, begegnete Jacob eines Tages dem Bezirksförster. „Nun, Herr Förster", sagte er, „jetzt werden wir Ihnen schöne Wege durch den Wald anlegen." „Wir?! Wer sind denn diese Wir?" „No, ich und der Erzherzog", erwiderte schmunzelnd der Mann. Die bequemen und anmuthigen Spaziergänge die damals entstanden, führten auch zur Schöpfung der „Sophien-Alpe", zu Ehren der Frau Erzherzogin so benannt und in vormärzlicher Zeit einer der beliebtesten Ausflugspunkte des Wieners, dem damals noch nicht der Schienenstrang für entferntere Punkte in den romantischen Umgebungen seiner Großstadt zur Verfügung stand.

Die durch seine Fürsorge in einen Waldpark umgeschaffene Gegend um Mauerbach und Hainbach wurde dem Erzherzog so lieb, daß er in der schönen Jahreszeit häufige Ausflüge mit der Erzherzogin und seinen jungen Prinzen dahin unternahm. In Hainbach kehrte er beim Wirthe Eilber ein, in Mauerbach beim Fellner, ließ Kaffee aufkochen und plauderte mit den Wirthsleuten in volksthümlicher Weise, während seine junge Welt sich munter herumtummelte. „Ich war selbst Augenzeuge", schreibt mir Herr Magistratsrath Anton Böhm, dem ich viele der in diesem Aufsatze verwertheten Mittheilungen verdanke, „mit welcher Herablassung und Leutseligkeit Erzherzog Franz Karl und Erzherzogin Sophie in dem Gasthausgarten zu Hainbach ihre Jause nahmen, während die kaiserlichen Prinzen in einem mit Eseln bespannten kleinen Wagen herumfuhren und so unter den Augen ihrer Eltern sich erlustigten."*)

* * *

---

*) „Damit die Wege stets in gutem Stande erhalten würden, bestellte der Erzherzog einen Bewohner Mauerbach's, ließ diesem am Wege nach diesem Orte links an der Straße ein Häuschen bauen und schenkte ihm einigen Grund um dasselbe zur Bewirthschaftung. Leider sollte der gute Erzherzog vergessen, diesem Manne das ihm zugedachte Eigenthum grundbücherlich einverleiben zu lassen, und erst jetzt nach dem Tode Franz Karl's war es Sr. Majestät vorbehalten, dem Sohne dieses Hausbesitzers dessen Eigenthumsrecht zu sichern." MS. Böhm.

13

Die Theilnahme des Erzherzogs F r a n z K a r l an gemeinnützigen, das geistige leibliche oder materielle Wohl fördernden Instituten war keineswegs erkaltet. Im J. 1826 hatte ihn das Ateneo zn Venedig, 1834 die Landwirthschafts-Gesellschaft in Krain zu ihrem Ehrenmitgliede erbeten; 1830 hatte er das Protectorat des Galizischen Witwen- und Waisen-Pensions-Institutes zu Lemberg übernommen, auf welches 1835 jenes über den Wiener Verein zur Versorgung und Beschäftigung erwachsener Blinden folgte, das vor ihm Erzherzog A n t o n geführt hatte.

Am 3. August 1836 fand die General-Versammlung unter persönlichem Vorsitz des neuen Protectors statt. Unter den Anwesenden befanden sich der k. k. Hofrath Baron von W a l d s t ä t t e n; der vielverdiente Blindenfreund und Schöpfer des Wiener Blinden-Instituts so wie der 1826 entstandenen Versorgungs- und Beschäftigungs-Anstalt für Blinde kaiserl. Rath Johann Wilhelm K l e i n; der Landschafts-Secretair und bekannte Rachmeister Ignaz Franz C a s t e l l i; der Dom-Scholasticus Johann Nepomuk E b n e t e r; der k. k. Regierungsrath und Bürgermeister Anton Joseph Edler von L e e b; der Obersthofmarschall des Kaisers Peter Graf G o ë ß; der Magistrats-Beamte Ferdinand Karl M a n u s s i; der Kunsthändler B e r m a n n; Dr. Karl Eduard H a m m e r s c h m i d; der Gutsbesitzer Joseph Edler von W e l l; der Katechet Johann Chrysost. P i e t i v o l y ꝛc. Als Protocolls-Führer fungirte Dominik M a r k e r. Der unmittelbare Vorsitz des Erzherzog-Protectors war bei dieser General-Versammlung darum nothwendig, weil es sich nun die Reconstituirung des Vereins-Ausschusses handelte, in welchen W a l d s t ä t t e n als Präses, K l e i n, C a s t e l l i, W e l l, P i e t i v o l y und M a n u s s i gewählt wurden. Von da an erschien der Erzherzog nie mehr persönlich in den Jahres- und General-Versammlungen, so wie er auch die Versorgungs-Anstalt für Blinde nur ein einzigesmal besucht hat. Er brachte es nicht über sich, das Elend dieser, wie er in seinem mitfühlenden Herzen meinte, unglücklichsten aller Geschöpfe auf Gottes Erdboden mit anzusehen. Mit dieser Auffassung war er allerdings im Irrthum. Wir Gesunden an Leib und Seele

14

können uns allerdings nichts trostloseres, nichts entsetzlicheres einbilden, als des Augenlichtes beraubt zu sein, jenes Sinnes, mit welchem eine schöne schimmernde, goldig strahlende Welt für uns verloren geht. Jeder von uns, wenn ihm die Wahl gestellt würde, zöge es vor, das Gehör als das Gesicht zu verlieren. Und doch sind die wahren Unglücklichen nicht die Blinden, sondern die Tauben. Wer je Blinden- und Taubstummen-Institute besucht oder wer sonst mit Blinden und mit Tauben öfter verkehrt hat, wird im Durchschnitt die letzteren mißtrauisch mürrisch versteckt finden, während der Blinde meist fröhlichen Sinnes und muntern Gespräches ist. Allein, wie gesagt, der Erzherzog ertrug nicht den Anblick der Blinden, er der Sehende die Gegenwart der Gesichtslosen, für deren Wohl und Gedeihen er uns so eifriger beizusteuern bestrebt war.

Sein Berather und Vertrauensmann war hierbei M a n u s s i, und nie fiel eine Bitte, die sich dieser im Interesse der Blinden erlaubte, auf unfruchtbaren Boden. Dahin gehörten besonders die Concerte oder, wie in Wien der Ausdruck gebräuchlich war, „Akademien", so wie Theater-Vorstellungen und Redouten, die stets einen reichen Ertrag abwarfen. Zu einer Zeit war der große Chor aus „Mosé" sehr beliebt, und der Erzherzog-Protector meinte, ob man diesen in der bevorstehenden Akademie nicht zur Aufführung bringen sollte. M a n n s s i erlaubte sich die Bemerkung, dazu bedürfte man orchestraler Begleitung und das koste ein paar hundert Gulden, um welche das Rein-Erträgnis gemindert würde. „Nun, mein lieber M a n u s s i, die Mehrkosten nehme ich auf mich", sagte der Erzherzog; „daß nur die drüben nichts erfahren!" Er meinte seine Kanzlei und Casse, wo man jede „unnütze" Ausgabe zu ersparen suchte. Nun engagirte M a n u s s i die Artillerie-Bande des Capellmeisters D o b y h a l, die sich damals großen Rufes erfreute. Das Programm zog, die „Akademie" war besuchter als je, das Stück mußte dreimal wiederholt werden. Der Gewinn für die Blinden aber fiel über alle Erwartung günstig aus, weil der Erzherzog, wie er versprochen, das Honorar für die Musikanten aus seiner Privat-Schatulle

15

zahlte, ohne daß „die drüben" etwas davon erfuhren. Das war so seine liebe Art! *)

Die Theilnahme Franz Karl's an gemeinnützigen Instituten erweiterte sich von Jahr zu Jahr: 1839 Academia delle Belle Arti in Mailand; 1840 k. k. Gartenbau-Gesellschaft in Wien und Museum Francisco-Carolinum in Linz; 1841 Niederösterreichischer Gewerbeverein, Institut der Künste und Wissenschaften in Mailand, das gleiche in Venedig; 1844 Verein zur Beförderung der bildenden Künste in Wien, Verein zur Ermunterung des Gewerbefleißes in Böhmen; 1845 Böhmische Gartenbau-Gesellschaft in Prag. Für den n.-ö. Gewerbeverein und für das Seinen Namen führende Linzer Museum übernahm der Erzherzog das Protectorat; den andern Gesellschaften und Instituten trat er als Mitglied (Ehrenmitglied) bei.

Das Protectorat über den Gewerbeverein stand dem Sinne Franz Karl's nur so näher, als er Bürgerfreund im schönsten Sinne des Wortes war, sich bei jedem gegebenen Anlasse um die Erwerbsverhältnisse erkundigte, in Zeiten der Noth zur Linderung beitrug was in seinen

*) Herr von Manussi, dessen Erinnerungen ich diesen Zug verdanke, ist der einzig überlebende Theilnehmer der General-Versammlung von 1838, und überhaupt der älteste aller derzeit wirkenden Mitglieder und Ausschußmänner des Vereines. Es sei gestattet diesem wackeren Manne einige Zeilen der Anerkennung zu weihen, einem Manne, der es sich zur Lebensaufgabe gesetzt hat in weitesten Kreisen, unermüdlich und unverdrossen, für gemeinnützige Zwecke zu wirken, den nothleidenden und bildungsbedürftigen Classen der Bevölkerung Mittel zur Verbesserung ihrer Existenz zuzuführen, das Vaterlandsgefühl, die Liebe und Anhänglichkeit für den Landesfürsten zu nähren und zu pflegen. Während einer mehr als fünfzigjährigen anfopfernden Thätigkeit hat er nahezu eine Million solchen Zwecken zugeführt; die Versorgungsanstalt für erwachsene Blinde allein verdankt ihm bei 160.000 fl. Es ist um so mehr am Orte dies hier zu erwähnen, als gerade der Erzherzog Franz Karl es war, an welchem Manussi die größte Stütze fand, und als er eben um dieser seiner Thätigkeit willen der besondern Gunst und des Vertrauens seines menschenfreundlichen und mildthätigen erlauchten Gönners sich erfreute. „Der verstorbene gnädigste Herr", schreibt mir Herr von Manussi „war ein Engel in Menschengestalt, der mit vollen Händen alles unterstützte."

Kräften lag, und sich dann wieder herzlich freute wenn man ihm berichten konnte daß die Zeiten besser seien. Auch in dieser Richtung zeigte sich der Erzherzog mit allen Details vertraut. Als in den Sechziger - Jahren ein nach Oesterreich gekommener auswärtiger Diplomat sich die Bemerkung erlaubte, unsere Lage sei eine vergleichsweise günstigere, da wir kein eigentliches Proletariat hätten, entgegnete der Erzherzog: „An Noth und Elend haben wir auch bei uns genug, mehr als zu viel! Kennen Sie die Existenz mancher unserer kleinen Beamten? Das ist auch ein Proletariat!"

3.

In den Sitzungen des nieb.-österreichischen Gewerbevereines, die im damaligen Musikvereins-Saale unter den Tuchlauben abgehalten wurden, erschien der Erzherzog-Protector nicht selten und widmete den Verhand-lungen große Aufmerksamkeit. Auf diesen Umstand war ein Plan gebaut, den mehrere der angesehensten Industriellen der Reichshauptstadt, Rudolph v. Arthaber und die Brüder Theodor und Otto Hornbostel an der Spitze, in den ersten Märztagen 1848 faßten, als die politische Auf-regung, die Hoffnung auf einen Umschwung zum bessern, der ungestüme Drang die Entscheidung herbeizuführen, mit jedem Tage an Stärke zu-nahmen. Die Sitzung fand am 6. März statt und wurde scheinbar in gewöhnlicher Weise eröffnet; Franz Karl befand sich an seinem Ehren-platz. Bald nach Beginn fand sich Graf Kolovrat, gleichfalls Mit-glied des Vereines, im Saale ein. Nachdem die ersten geschäftlichen Mittheilungen zu Ende waren, erhob sich Arthaber und richtete, unter athemloser Spannung aller Anwesenden und zum Befremden des Erz-herzogs, der sich die verlegene Stimmung, die im Saale herrschte, nicht zu erklären wußte, einige Worte an den erlauchten Protector, worin er der gefährlichen Lage gedachte, in die Europa und mit ihm Oesterreich durch die im Westen und Süden ausgebrochenen Ereignisse gerathen; wie es Pflicht aller Patrioten sei, sich um den Thron ihres Monarchen zu schaaren und ihm Beweise ihrer Anhänglichkeit, ihrer Treue und Opferwilligkeit zu geben; wie sich der Gewerbeverein, ein Bund patriotisch gesinnter Männer, dieser Pflicht nicht entziehen könne und dieselbe dadurch zu erfüllen glaube, daß er dem Monarchen gegenüber seine Ueberzeugung von der Gefahr, in welcher der Staat schwebe, aber auch von der Vorsorge ausspreche, welche die Regierung die geeigneten Mittel finden lassen möge, allen drohenden Uebeln rechtzeitig und wirksam zu begegnen. Er verlas sodann die kurze an Se. Majestät den Kaiser gerichtete Adresse und überreichte sie dem Erzherzog mit der Bitte, daß Er als Protector des Vereines die hohe Gnade haben wolle, das Schriftstück in die Hände des Monarchen gelangen zu lassen. Begeisterter Zuruf, Hochs auf den Kaiser und den Erzherzog begleiteten die Worte Arthaber's, während Franz Karl, überrascht und überrumpelt, merkbar einen innern Kampf durchmachte, bis er sich zuletzt erhob, das ihm von Arthaber hingehaltene Papier entgegennahm und, nachdem sich der frohe Lärm, der hierüber im Saale von neuem losbrach, gelegt hatte, mit erregter Stimme die Worte sprach: „Ich danke Ihnen im Namen Sr. Majestät für diesen Ausdruck Ihrer Anhänglichkeit, den ich nicht ermangeln werde dem Kaiser allsogleich mitzutheilen. Gewiß, wir haben nie in die Treue Zweifel gesetzt, welche Sie neuerdings an den Tag legen. Es ist nun an uns fest zusammenzuhalten; denn nur dann können wir zum erwünschten Ziele gelangen!" Die Freude, der Jubel, aber auch die Rührung tobten sich in einem neuen Beifallssturme aus, so daß der Erzherzog selbst mit fortgerissen nochmals das Wort ergriff und ausrief: „In der Mitte solcher Männer zu stehen ist eine wahre Freude!" Auch Graf Kolowrat konnte nicht umhin gegen die ihm nächst befindlichen Mitglieder zu äußern: „daß die Adresse sicher nur den edelsten patriotischen Gefühlen ihre Entstehung verdanke." Die regelmäßigen Verhandlungen wurden sodann wieder aufgenommen, der Erzherzog blieb auf seinem Platze, den er erst, von abermaligem Jubel und Beifall begleitet, nach Schluß der Sitzung verließ.

Die Haltung des Erzherzogs Franz Karl in der Gewerbevereins-Sitzung, die Thatsache daß der dem Throne nächststehende Prinz des

Herrscherhauses eine auf die Herbeiführung entscheidender Reformen ab-
zielende Petition entgegengenommen habe, wurde rasch in allen Kreisen der
Haupt- und Residenz-Stadt bekannt und trug nicht wenig dazu bei, die Hoffnungen der Neuerungsfreunde zu heben, ihre Thätigkeit zu neuen Versuchen
anzuspornen. Auch that der Erzherzog was er verheißen hatte. Die
Adresse gelangte in die Hände des Monarchen und es wurde berathen,
welche Antwort darauf zu geben sei. Sie erfolgte am 13. März mit
einer Allerhöchsten Entschließung, welche zwar dem „Ausdruck treuer
Anhänglichkeit des n. ö. Gewerbevereines" volle Gerechtigkeit widerfahren,
aber die Körperschaft zugleich merken ließ, daß „hiebei sowohl die
Schranken des Vereinszweckes überschritten worden, als auch in den
Ausdrücken Uebertreibungen unterlaufen sind, die Ich nur den über-
strömenden Gefühlen zuschreiben will, wozu die Zeitumstände Veranlassung gegeben haben mögen." *) Die Ereignisse folgten einander nun
rasch, und der n. ö. Gewerbeverein konnte sich rühmen durch seinen kühnen
Schritt zur Förderung derselben beigetragen zu haben. Das Vertrauen
des Erzherzogs aber hatte er verwirkt, mindestens erschien derselbe nie
wieder in einer der Vereins-Versammlungen. Außerordentliche Umstände
rechtfertigen allerdings bis zu einer gewissen Linie außerordentliche Schritte
und Maßregeln. Allein die persönlichen Rücksichten, die der Verein seinem
erlauchten Protector schuldete, hatten die Veranstalter jenes Auftrittes
ohne Frage in der unzartesten Weise verletzt, indem sie, ihrerseits vollkommen gerüstet und vorbereitet, den arglosen Erzherzog in eine Lage
versetzten, die wohl sein Tact und Anstandsgefühl, so wie das auch bei
dieser Gelegenheit hervorbrechende Wohlwollen seiner Natur, nach den
Augenblicken der ersten Ueberraschung zu beherrschen verstand, die aber

---

*) Der Wortlaut des Allerhöchsten Handschreibens wurde am 14. durch den
n. ö. Regierungs-Präsidenten Baron Talacco dem Grafen Colloredo-Mans-
feld, Vorstand des Gewerbevereines, bekannt gegeben, in dessen Hände der Bescheid
am 15., wenige Stunden vor der Ertheilung der Constitution, gelangte. Näheres
Reschauer: Das Jahr 1848 S. 132—136.

gleichwohl in seinem Innern die Empfindung einer Unbehaglichkeit zurück-
ließ, der er sich nicht ein zweitesmal aussetzen möchte.

Die ganze Anlage des Erzherzogs, sowohl nach der Seite seines
milden menschenfreundlichen Gemüthes, als nach seiner dem Gewohnten
und Althergebrachten zuneigenden Anschauungsweise, war nicht darnach
mit einem Umsturz aller bestehenden Verhältnisse und mit der gewalt-
thätigen Weise, welche die verschiedenen Phasen dieses Processes charak-
terisirte, zu sympathisiren. Doch konnte ein Naturell wie das Franz
Karl's verbittert werden? vermochte er jemand zu zürnen? Welches war
im Privatleben der höchste Ausdruck seines Unmuths, wenn man ihm
etwas nicht recht gethan? „Aber, liebe Kinder, was habt's denn g'macht?!"
und dabei deutete er mit dem Finger auf die Stirn. So sah man ihn
denn am Tage nach der wüsten Sturm-Petition vom 15. Mai die Reihen
der auf dem Graben in Bereitschaft stehenden Nationalgarden abschreiten,
nach allen Seiten freundlich grüßen, und einen oder den andern auf die
Schulter klopfen: „Viel Plag, meine Herren, nicht wahr?! Na, hab'n's
nur a bissl' Geduld, 's wird schon besser werden!" Daß der Erzherzog
dieses „Besserwerden" nicht im Sinne der Sturm-Petenten vom vorigen
Tage oder vielmehr der versteckten Arrangeurs des Straßen-Scandals
verstand, braucht wohl nicht gesagt zu werden. Immerhin würde er es
bei seinem leutseligen Wesen mit der Zeit herausgefunden haben, sich
mit den tonangebenden Gewalten auf einen leidlichen Fuß zu setzen.
Nicht so sein kaiserlicher Bruder, der unter den fortwährenden Auf-
regungen in solchem Grade litt, daß es ihn in der Nähe des Kraters nicht
länger duldete. Am 18. Mai hatten der Kaiser und die Kaiserin die
Stadt, die ihnen so viel Schrecken und Kummer bereitet hatte, im Rücken,
und mit ihnen der Erzherzog Franz Karl und dessen Familie.

Es kamen die Tage von Innsbruck, eine Zeit vollständiger Ver-
lassenheit und Rathlosigkeit des Hofes, der sich von altbewährten und
vertrauten Dienern völlig entblößt fand, so daß es mehr als einmal der
russische oder britische Gesandte, Graf Medem und Lord Pousonby
waren, an die man sich, als die einzigen näheren Bekannten die man

20

zur Hand hatte, um Rath und Hilfe wandte. Wohl fanden sich ab und zu Getreue aus den verschiedenen Theilen des Reiches in der tyrolischen Hauptstadt ein: eine große Sendschaft aus Prag, dem Herrscherhause die Treue und Ergebenheit Böhmens zu bezeigen; Fürst Felix Schwarzenberg als Abgesandter des greisen Rabecky aus Verona; der Banns Jelacic aus Agram u. a. Aber alles dies war nur vorübergehend, und feindselige Elemente waren leider nicht ohne Erfolg bemüht, den eingeschüchterten Hof um seine treuesten Anhänger, um seine aufopferndsten Freunde zu bringen, wie dies z. B. dem Ministerium Batthyányi mit dem Banus von Kroatien gelang, dem es auf den Helmweg Bann und Acht nachsandte. Eine Zeit lang setzte Erzherzog Franz Karl seine Hoffnung auf Stadion, der auf vertrauten Wegen aus Lemberg nach Innsbruck beschieden war; er traf am 11. Juni ein, allein reiste bald wieder ab, nachdem er auf das bestimmteste erklärt hatte, unter den obwaltenden Verhältnissen die Zügel der Regierung nicht ergreifen zu können.

* * *

Im Allerhöchsten Familienkreise wurde, da der regierungsmüde Kaiser wiederholt das Verlangen nach Ruhe ausgesprochen hatte, seit langem die Frage des Thronwechsels erörtert. Es hatte sich die Ansicht geltend gemacht, daß, wenn dieser äußerste Fall einträte, die Krone nur auf ein Haupt übergehen könne, dessen Träger völlig unbefangen, unberührt von den vorausgegangenen Verwidlungen, unbeirrt und ungebunden durch sie, die volle Freiheit seiner Entschlüsse und Hand- lungen besäße. Damit war dem Erzherzog Franz Karl das Opfer auferlegt, freiwillig auf ein Recht zu verzichten das ihm heilig und unbestritten zukam, und die ungezwungene und hochherzige Weise, in welcher er und seine hohe Gemahlin dieses Opfer brachten, wird für immer als ein seltenes Beispiel von Selbstverleugnung in der Geschichte dastehen. Die Krone sollte auf ihren ältesten Prinzen Erzherzog Franz Joseph übergehen, den sie, um ihn wenigstens einige Zeit außer alle Berührung mit dem politischen Getriebe des Tages zu bringen, auf den italienischen Kriegsschauplatz sandten, wo er im Lager Radeck y's frischere Luft einsaugte. Die drei andern Prinzen blieben in der Gesellschaft ihrer Eltern in Innsbruck, und auch Erzherzog Franz Joseph kam nach wenig Wochen wieder dahin zurück, weil Radecky auf die unabsehbaren Folgen hingewiesen hatte, die es nach sich ziehen müßte, wenn den Prinzen, den Stolz und die Hoffnung eines großen Reiches, eine der Fährlichkeiten des Kriegslebens träfe, wenn er verwundet würde, in einen Hinterhalt fiele, in Gefangenschaft geriethe.

Mittlerweile wurde von Wien aus fortwährend dahin gedrängt, daß der Hof in die Reichshauptstadt zurückkehre. Schwer war es, den tief angegriffenen Kaiser zu einem solchen Schritte zu bewegen. Zweimal hatte man ihn dazu gebracht seine Zustimmung zu geben, zweimal sagte er im letzten Augenblicke wieder ab. Es wurde deßhalb an die Auskunft gedacht, daß, wie Erzherzog Johann bei der Eröffnung des Reichstages den Alter-Ego des Kaisers abgegeben hatte, jetzt Erzherzog Franz Karl mit seinem ältesten Prinzen statt des Kaisers in Wien erscheinen sollte. Doch immer kam man von dem Gedanken wieder ab, weil dies, wie die Erwägenden meinten, nichts anderes heißen würde, als den angehofften Thronerben, den man den Gefahren des Schlacht- feldes entziehen zu müssen geglaubt, kaum minder bedenklichen politischen Verstrickungen auszusetzen. Auch gab Kaiser Ferdinand zum dritten- mal nach, und diesmal blieb er bei seinem Entschlusse, der die kaiserliche Familie am 12. August nach Wien und Schönbrunn zurückführte.

Die Verhandlungen wegen der Thronfolge waren im ununter- brochenen Gange. Es war im engen Kreise der Betheiligten geplant, daß am 18. August, wo der junge Prinz in sein achtzehntes Lebensjahr trat, der Kaiser abdiciren und der Erzherzog abstiniren sollte, um jenem den Weg zum Throne zu bahnen. Allein Fürst Windisch Grätz in Prag, der von allem Anfang in der ersten Linie des Vertrauens gestanden hatte und jetzt die maßgebende Stimme führte, rieth davon ab, einen so einschneidenden Act wie die freiwillige Begebung des Thronrechtes ohne dringendste Nothwendigkeit vor sich gehen zu lassen. Dieser äußerste

Fall trat erst ein, als mit dem Losbruche des wilden October-Auf-
standes die kaiserliche Familie zum zweitenmal aus der Nähe ihrer
Residenz gescheucht wurde, und Kaiser F e r d i n a n d nun hartnäckiger
als je darauf bestand, der Last einer Krone enthoben zu werden, die ihn
nur mit Leid und Kummer drückte. Der Aufenthalt des Hofes war jetzt
Olmüz. Das Kaiserpaar, so wie F r a n z K a r l mit seiner Gemahlin
und dem jüngsten Prinzen war im fürst-erzbischöflichen Palais unter-
gebracht, und alltäglich sah man den Erzherzog, meist mit der Erzherzogin und dem sechshalbjährigen L u d w i g V i c t o r, ihren Rund-
gang um die Stadt machen. Die wenigen Begegner, die auf ihre ehr-
erbietige Begrüßung freundlichen Gegengruß des erzherzoglichen Paares
erhielten, hatten keine Ahnung, welch' ernste, tief greifende Gemüths-
bewegungen das Innere der erlauchten Personen erfüllten, die sie in
ihrer Mitte weilen sahen. Die Lage des Reiches war, das konnte sich
allerdings jeder Uneingeweihte sagen, bedrohlicher als je. Die politische
Krisis war auf ihren Höhepunkt gelangt, die Entscheidung vor Wien war
zugleich die Entscheidung über das nächste, vielleicht über das bleibende
Schicksal der Monarchie. In der der Anarchie verfallenen Hauptstadt
war man sich dessen eben so wohl bewußt wie an allen andern
Orten des aufgewühlten Staates. Fortwährend kamen Einzelne, erschienen
Deputationen, trafen Botschaften aus den verschiedensten Theilen des
Reiches ein, die den Hof zu Entschließungen in ihrem Sinne zu bestimmen
suchten: die Einen huldigend, Treue und Anhänglichkeit bekundend, zu
unverbrüchlichem Ausharren der ihre letzten Kräfte aufbietenden Revolution
gegenüber mahnend; die Andern warnend, zur Nachgiebigkeit drängend,
Verzeihen und Vergessen alles Geschehenen, Pactiren mit den in der
empörten Reichshauptstadt waltenden Mächten auf das eindringlichste
empfehlend. All' diese so mannigfaltigen, so verschiedenseitigen Anreger,
Bittsteller, Vermittler, Mahner, Rather suchten ihren Weg zunächst dem
Kaiser zu dessen thronberechtigtem Bruder; ja der letztere hatte den
größern Theil dieser fortwährend einander ablösenden Vorstellungen und
Botschaften zu tragen, weil der Kaiser, gebrochen und leidender als je,

Schonung bedurfte und deshalb die Audienzen bei ihm auf das geringste Maß eingeschränkt werden mußten.

Allein neben diesen Mühen und Aufopferungen, die auch der außen Stehende wahrnehmen konnte, spielten sich, vor aller Welt verborgen, seelische Zustände und Kämpfe ab, die um so nagender, um so brennender wurden, je näher die Stunde der Entscheidung heranrückte. Am ragendsten, am brennendsten für den nächstberufenen Thronerben! Es war schön, es war edel, es trug den Lohn der Tugend in sich, mit Selbstüberwindung auf ein Gut zu verzichten, das vor Gott und den Menschen sein eigen war, ohne seinen freien Willen ihm von niemand bestritten und vorenthalten werden konnte. Trat dazu die Erwägung, daß es ja niemand anderer als der vielgeliebte eigene Sohn war, zu dessen Gunsten der Erzherzog sein Nachfolgerecht aufgeben sollte, so war es andererseits, in solcher Zeit und angesichts einer völlig ungewissen nächsten Zukunft, nicht eben etwas beneidenswerthes, was der Erzherzog, erschüttert von allem was er in den letzten Monaten hatte sehen und erfahren müssen, auf jüngere Schultern, auf ein von Sorgen und Kümmernissen noch freies Haupt zu übertragen im Begriffe stand. Aber durfte er dies nach seinem Gewissen thun?! War es ihm erlaubt sich einer Bürde zu entschlagen, einem Pflichtenkreise nach leichter eigener Wahl zu entziehen, den die alt-ehrwürdige Einrichtung des Erb- und Thronfolge-Rechtes ihm als dem Nächstberufenen auferspart hatte?! Und all die weisen überlegenden wohlmeinenden Berather, die ihm solches Handeln als durch die Zeitumstände geboten darstellten, waren sie mit ihrem Meinen und Dafürhalten nicht etwa in Irrthum?! Mehr als alles andere war es das Bild seines verklärten Vaters, des Kaisers Franz, der ihm von je das höchste war was er auf Erden kannte, das sich zwischen seine Zweifel drängte. „Was würde Er, der ehrwürdige Verstorbene dazu sagen, wenn sich der Sohn einem nach Natur und Gesetz ihm auferlegten Beruf entschlüge, die Uebernahme von Pflichten abwiese, deren Erfüllung ihm der Hochselige noch in seinen letzten Stunden so heilig an das Herz gelegt hatte?!" Mehrere Tage hindurch währte der innere Kampf, ernst ging der Erzherzog mit sich zu Rathe, widmete lange Stunden weihevollen Betrachtungen. Da war es ihm, als er eines Tages tief ergriffen im Gebete lag, als sähe er den verklärten Vater wie er segnend seine Hände auf das jugendliche Haupt des Enkels lege, und von diesem Augenblicke war sein Entschluß gefaßt.

Am 2. December 1848, in der fürst-erzbischöflichen Residenz zu Olmütz, erfolgte der staatsrechtliche Act, durch welche die österreichische Kaiserkrone von dem lebensmüden Träger derselben, an dem nachfolgeberechtigten Erzherzog vorbei, auf dessen ältesten Sohn überging, der somit als Kaiser Franz Joseph I. den Thron seiner Väter bestieg. Erzherzog Franz Karl war dadurch vom Kaiser-Bruder zum Kaiser-Vater geworden und blieb von da an zu den beiden lebenden Kaisern in jenem innigen und herzlichen Verhältnis, das ihm die Bande des Blutes anwiesen. Von dem Augenblicke des Regierungsantrittes seines Sohnes ließ er, in den schweren prüfungsvollen Zeiten die jetzt folgten, keinen Anlaß vorübergehen, dem jugendlichen Monarchen Sympathien zuzuführen, Personen seines Vertrauens aufzufordern in ihren Kreisen dafür zu wirken, daß man dem jungen Kaiser Vertrauen und guten Willen entgegenbringe, dessen Absichten gewiß nur die besten seien, der nur das Heil seines Staates und seiner Völker zum Ziele habe. Alljährlich ein- oder mehreremal fand er sich auf dem Hradschin bei seinem kaiserlichen Bruder ein, und verbrachte daselbst einige Tage in trautem Beisammensein. Es war jederzeit eine Freude für die Prager den leutseligen Erzherzog zu begrüßen, der zumal, schon vor der achtundvierziger Zeit, als „slavenfreundlich" galt. Erschienen die beiden Brüder in der Kaiserloge des ständischen Theaters, so begrüßte sie Zuruf aus den Logen, von den Sitzen, von den Galerien des freudig erregten Hauses.

* * *

Mit der Thronbesteigung seines Erstgebornen trat Erzherzog F r a n z
K a r l, von allen folgenden Regierungshandlungen und Geschäften fern,
in den Kreis jener gemeinnützigen, Wohlthaten nach allen Seiten
spendenden Thätigkeit zurück, in welchem er sich schon bei Lebzeiten seines
kaiserlichen Vaters so warme und dankerfüllte Sympathien errungen hatte.
Damit verband er das lebendigste Interesse, die innigste Theilnahme an
allen Ereignissen und Wechselfällen, die seinen kaiserlichen Sohn und
dessen Regierung trafen. Immer zeigte er sich bestrebt, den Sinn der
ihm Nahenden zum Guten zu lenken, für seine eigene Person dazu bei-
zutragen was in seinen Kräften stand. Diese Herzensstimmung führte
ihn denn auch an die Spitze eines Vereines, dessen Zweck und Ziele
durchaus seinem patriotischen Sinne zusagten.

Mitten in den Wirren des Jahres 1848 hatte sich ein Kreis von
Männern zusammengefunden, um einen Verein zu gründen, der durch
Veranlassung und Herausgabe guter Druckschriften Vaterlandsliebe,
Achtung vor dem Gesetze, aber auch feinere Sitte und Bildung unter
einem Volke verbreiten sollte, bei welchem sich in den Zeiten der politischen
Aufregung Erscheinungen und Merkmale so großer Abirrung und Ver-
wilderung gezeigt hatten. Ferdinand und Peter Ritter von M i t i s,
die Freiherren Karl und Dr. Gotthard von B u s ch m a n n und Franz
von R i e s e l, Franz A c k e r m a n n, Louis Edler von H a a u, Joseph
und Peter Ritter von M e r t e n s, Johann Adolph H a n k e von
H a n k e n b e r g, der Buchhändler Friedrich B e c k, der Buchdrucker
Franz P i ch l e r u. a., im ganzen 29 Personen, hielten am Abend des
27. Januar 1849 die erste constituirende Versammlung bezüglich der
Bildung eines „Vereines zur Wahrung und Beförderung der Civilisation"
ab, der erst den langathmigen Titel „zur Verbreitung von Druckschriften
in Absicht auf Volksbildung im Sinne der Civilisation und des mon-
archisch-constitutionellen Regierungs-Princips", und dann den etwas
kürzeren „zur Verbreitung von Druckschriften für Volksbildung" erhielt;
in der gewöhnlichen Sprechweise hieß er bald kurzweg „Volksschriften-
Verein", welchen Titel er heute amtlich führt. In der siebenten General-

Verſammlung am 18. Mai 1854, Obmann Hofrath Karl Ritter von
K r a t l y, ſtellte Joſeph F e i l, Miniſterial-Secretär für Cultus und
Unterricht, den Antrag auf Gewinnung eines Protectors, unter deſſen
hohem Schuß und Schirm der Verein ſeine ſegensreiche Wirkſamkeit in
ſtets weiteren Kreiſen entfalten könnte; dem Ausſchuſſe und der Direction
wurde es anheimgegeben die dahin abzielenden Schritte zu übernehmen.
Am 27. Juni darauf hatte Kratly eine Audienz beim Erzherzog Franz
K a r l, dem er die Bitte vortrug das Protectorat zu übernehmen,
und am 28. November war er in der freudigen Lage, dem Ausſchuſſe die huldvolle Annahme ſeitens des kaiſerlichen Prinzen bekannt
zu geben. „Der Wortlaut der höchſten Entſchließung vom 20. November 1854“, ſo ſprach der Vorſitzende in der am 31. Mai 1855
abgehaltenen achten General-Verſammlung, „geht dahin, daß Se. kaiſerl.
Hoheit das Protectorat über dieſen Verein in ſo lang huldreichſt zu
übernehmen geruhe, in ſo lang derſelbe dem Zwecke ſeiner Gründung
wie bisher entſprechen wird, und die höchſte Entſchließung hat daher für
uns in doppelter Beziehung einen unſchätzbaren Werth: einmal als Pfand
der beſonderen Gnade dieſes hohen Gliedes der kaiſerlichen Familie
unſeres nunmehrigen erhabenen Protectors, ſohin aber auch als eine,
von ſo hohem Orte ausgehend, mit dem feurigſten Danke entgegen-
zunehmende Anerkennung der bisherigen Leiſtungen des Vereines, eine
Anerkennung die unſern Verein zu unverdroſſenem Fortſchreiten in der
eingeſchlagenen, wenn auch hie und da nicht ganz dornenloſen Bahn
begeiſtern wird, begeiſtern muß!“
Wie bei jeder menſchenfreundlichen und gemeinnützigen Unternehmung.
für welche das Intereſſe des edlen Erzherzogs gewonnen worden, ſo hat
derſelbe auch dem öſterreichiſchen Volksſchriften-Verein, ſeit dem Augenblicke da er die Schuß- und Schirmhoheit über denſelben übernommen,
ſeine volle Sympathie, ſeine regſte werkthätige, jederzeit rath- und hülfe-
bereite Theilnahme zugewendet. Unter allen literariſchen Unternehmun-
gen, welche der Verein im Laufe der Jahre in's Leben gerufen, war
es keine, die dem Erzherzog mehr am Herzen lag als die „Oeſter-

reichische Geschichte für das Volk", jenes nach einem umfassenden Plane angelegte Werk, das in einer Reihe von Einzeldarstellungen, jede von einem andern Historiker bearbeitet, die vaterländischen Geschicke von den ersten Anfängen geschichtlicher Kenntnis bis zum Ende der Napoleonischen Gewaltherrschaft in einer volksthümlichen, aber zugleich für jeden Gebildeten anziehenden und lehrreichen Weise zu behandeln bestimmt war. Für ein so ausgedehntes, unter so viele Köpfe vertheiltes Unternehmen konnten allerhand Hemmnisse und Stockungen nicht aus- bleiben, wobei auch die finanzielle Seite mitunter ihre bedenkliche Rolle spielte. Da war es der erlauchte Protector, an dessen Großmuth die Vereinsleitung nie ohne Erfolg sich wandte, und welchen dieselbe stets huldvoll bereit fand über zeitweilige Schwierigkeiten und Verlegen- heiten hinauszuhelfen. Vom Anbeginn hatte der Erzherzog für Vereins- zwecke einen jährlichen Beitrag von 100 fl. gewidmet; als der Verein zuerst im Jahre 1863, vorzüglich aus Anlaß seines großen Geschichts- werkes, in momentane Bedrängnis gerieth, spendete der Erzherzog weitere 500 fl. für die Zwecke dieser Publication, und der gleiche Betrag wurde dann fast alljährlich, auf jedesmaliges Ansuchen der Direction, aus der erzherzoglichen Casse flüßig vermacht. Das große vaterländische Geschichts- werk hatte aber an Ihm nicht blos seinen freigebigen hochherzigen Gönner. Er gehörte auch unter dessen eifrigste Leser, vorzüglich solcher Partien, die seinem eigenen Erinnern näher lagen, und hier wieder ganz besonders jene, die seinen über alles hochgehaltenen Vater, den Kaiser F r a n z betrafen. Häufig war es der Sommeraufenthalt in Ischl, wo gewisse Morgenstunden dieser Lectüre gewidmet wurden, und wobei, wie Schreiber dieses aus des Erzherzogs eigenem Munde weiß, dessen erlauchte Gemahlin die Vorleserin machte.

4.

Die Tages- und Jahres-Eintheilung des Erzherzogs F r a n z K a r l, seit er keinen Antheil an den Regierungsgeschäften mehr hatte, war eine sehr geregelte. *) In der Stadt und kältern Jahreszeit erwachte er um 7 Uhr morgens, verrichtete im Bette seine Morgenandacht und ließ sich dann ankleiden, was in einer Viertelstunde geschehen war. Nach eingenommenem Frühstück und getroffenen Anordnungen, was im Laufe des Tages zu geschehen habe, begab er sich um 9 Uhr in die Hofburg-Capelle und wohnte, aus einem seit Jahren ihm zum Gebrauche dienenden Andachtsbuche betend, der heiligen Messe bei. Die Zeit nach der Rück-

---

*) Hofstaat des Erzherzogs Franz Karl seit Anfang der Fünfziger-Jahre:
Oberfthofmeister: Ferdinand Graf Burmbrand-Stuppach, t. t. Obrist i. d. A. (1872 GM).
Kammerherr, seit 1850 Kammer-Vorsteher: Karl Freiherr v. Reilschach, t. t. Obrist i. d. Armee (1860 GM. † 1874).
Adjutant: Joseph Freiherr v. Diller, t. t. Major (bis 1866, wo an Stelle des Adjutanten ein zweiter Kammerherr trat).
Kammerherrrn: 1850 Joseph Graf Szyszczewski; 1872 Graf Karl Bombelles, t. t. Linien-Schiffs-Capitän.
1865 Ludwig Graf Waldburg-Zeil-Trauchburg.
Hof- und Cabinets-Secretär: Regierungsrath Christoph Columbus (1865 Ritter von, 1871 Hofrath und Freiherr).
Secretariats-Official: Adolph Zinner.
Kammerdiener: Christoph Fleischhacker; 1855 Michael Eberl; 1858 Johann Eisenhut.
Mathias Heindl; 1855 Joseph Zaller.
Kammer-Thürhüter: 1855 Johann Eisenhut; 1857 Thomas Heindl; 1876 Franz Brey.
Saal-Thürhüter: Simon Rieder; 1859 Joseph Eberhard.
Kammerheizer: Joseph Zaller.
Leiblakai: Ferdinand Zach.
Wäschenspanner: Johann Eisenhut.
    Joseph Eberhard.
    Thomas Heindl.
} bis 1855.
1 Leibwäscherin.
Seit 1855: 4 Leiblakaien.
1 Zimmerputzer.
1 Hausknecht.
1 Kammerweib.

sehr in seine Appartements wurde der Durchblätterung der Journale, „Wiener Zeitung", „Presse", „Fremdenblatt", „Oesterr. Volksfreund", und anderweitiger Lectüre gewidmet, bis um 11 Uhr die Zeit der Audienzen begann.

Da ich als Obmann (Präsident) des Volksschriften-Vereins — seit dem Rücktritt Kratly's 1860 — mindestens einmal im Jahre mich der Gnade erfreute, vom Erzherzog empfangen zu werden, so ist es mir vielleicht gestattet einige Züge aus dem Audienzleben des verstorbenen Gnädigsten Herrn hier einzuflechten. Es war am 24. Mai jenes Jahres, wo ich mich Ihm als dem erlauchten Protector unseres Vereines in meiner neuen Eigenschaft vorstellte. Er empfing mich ungemein freundlich, sagte daß er mich sehr wohl kenne, und war bald mitten in sehr munterer Gesprächigkeit, wobei ihm sogar das Wort „Teufel" entschlüpfte; er hatte sich zuvor entschuldigt und sprach es etwas leiser, indem er überdies, gleichsam um den Ton noch mehr zu dämpfen, die Hand vor den Mund hielt. Ich erinnerte mich unwillkürlich an diese fast scheue Zurückhaltung des Erzherzogs, als mir, in mein Bureau zurückgekehrt, Baron Schaguna, der martialische Bischof aus Siebenbürgen — „the squire-bishop" (Synesius von Kyrene) aus Charles Kingsley's „Hypatia"! — gemeldet wurde, der im eifrigen Reden ein „Ah Teufel!" herausstieß, so klar und kräftig, wie man es sonst nur in Wachtstuben oder auf dem Exercierplatz zu vernehmen bekommt. Um wieder auf unsern leutseligen Erzherzog und dessen Audienzen zu kommen, so mußte er für jeden, der vor ihm stand, seine Stoffe zu wählen. Da er mich als Böhmen kannte, war es fast regelmäßig daß er das Gespräch auf mein Heimatland führte, besonders wenn er kurz zuvor auf Besuch in Prag gewesen war, wo er nie unterließ zu versichern, wie sehr er die Böhmen hochhalte und wie es ihn alljährlich freue einige Tage in ihrer Mitte zuzubringen. Da ich lange Jahre in der Verwaltung gedient hatte, so gab das neue Anknüpfungspunkte für die Unterhaltung. Der Erzherzog war in dieser Richtung entschieden „laudator temporis acti", indem er den Ernst, die Umsicht und Gewissenhaftigkeit herausstrich, die der damalige Beamte, gewohnt auf Grund der „Prioren" zu arbeiten, den Geschäften entgegenbrachte, und es bereitete ihm, so mild und gutmüthig er sonst war, eine Art Genugthuung, wenn es sich traf, daß unter den neuen Verhältnissen nicht alles so tadellos bestellt war. „Ich hätte können umfallen, wie man auf Wienerisch sagt", äußerte sich der Erzherzog in einer solchen Stimmung, „als neulich einer der jetzigen Herren, ich will ihn nicht nennen, meinte: alles alte sei schlecht, mit den alten Beamten sei nichts anzufangen. Ich erwiderte ihm darauf: ‚Ich bin durchaus nicht gegen das Neue, ich wünsche den Fortschritt; aber, daß unsere frühern Beamten nichts taugten und daß man sie zu nichts verwenden könne, kann ich nicht zugeben.' Da haben wir dann", fuhr der Erzherzog fort, „über unsere Salzerzeugung gesprochen. Ich wußte sehr wohl, habe ich ihm gesagt, daß das preußische Salz wohlfeiler sei, aber darum dürfe man unsere Werke nicht aufgeben und Tausende von Leuten brodlos machen; wir sollten vielmehr schauen, daß sie unser Salz eben so wohlfeil bereiten. Das aber wollte der Herr nicht zugeben, sondern meinte, die Leute sollten Baumwollwaaren erzeugen. Als ich ihm darauf bemerkte, das gehe denn doch in jenen Gegenden nicht, und ihn fragte ob er die Verhältnisse dort kenne, gestand er mir daß dies nicht der Fall sei. ‚Ja sehen Sie', habe ich darauf mir erlaubt ihm zu sagen — es war vielleicht unartig von mir, aber ich habe es nicht unterdrücken können — ‚wenn ich einen der Beamten, wie wir sie früher hatten, um etwas gefragt habe, wußte er mir genaue Auskunft zu geben und kannte alle Verhältnisse der Sache, um die es sich handelte'. Hierauf", schloß der Erzherzog mit einem leichten Lächeln, „hat mir der Herr nichts mehr zu sagen gewußt." ... Ein anderesmal erzählte er mir, er habe jüngst mit einem Statthalter gesprochen — wieder nannte er keinen Namen, doch konnte ich mir beiläufig denken wen er meine —, den er auf ein gewisses Schriftstück aufmerksam gemacht, worauf jener gemeint habe, ein solches existire nicht. „Ich aber", sagte der Erzherzog zu mir, „weiß es aus der Zeit, da ich noch in Geschäften war, so deutlich, wie daß ich hier im Zimmer stehe, daß das Document existirte und daß es da und da

31

aufbewahrt gewefen. ‚Meines Wiffens‘, fetzte ich hinzu, ‚ift jenes Archiv feither nicht abgebranut, und es wäre doch fonderbar, daß jemand gerade an diefer Urfunde einen Diebftahl begangen haben follte!" Aber das muß ich fagen", fuhr der Erzherzog gegen mich fort, „diefer Herr war fo ehrlich, daß er mir, da er vor einiger Zeit wieder bei mir erfchien, offen befannte, das Document habe fich gefunden; er fei vordem von feinen Beamten nicht gehörig unterrichtet gewefen. Ich fagte ihm darauf: es fei doch fehr zu bedauern, daß man in der Provinz um fo wichtige Urfunden nichts wiffe und denfelben feine Beachtung fchenfe"... Franz Karl ließ fich, wie man aus diefen Beifpielen erfieht, in feinen Gefprächen ganz frei ergehen, und da er eben fo zwanglos Gegenrede geftattete, ja gewiffermaßen dazu aufforderte, fo wird man mir es glauben, daß es mir jedesmal als ein Tag mit einem weißen Steinchen zu bezeichnen erfchien, wenn mir der Anlaß ward vor Ihm zu erfcheinen, und das war ficher bei jedem der Fall, der das Glück hatte, öfter mit dem guten freundlichen herablaffenden Herrn zu verfehren.

Doch fchreiten wir in der Wiener Tagesordnung des Erzherzogs weiter vor. Gegen 1 Uhr erfolgte die Ausfahrt in der allen Wienern wohlbefannten Kaifer-Carreffe mit den fechs prächtigen Schimmeln, von Kutfchern in hohen Glanzftiefeln geritten und gelenft. Franz Karl fprach im gefchäftlichen und gefelligen Umgang ein ganz gutes Deutfch, obwohl der Wiener niemals zu verfennen war. Aber im Verfehr mit Leuten der fchlichteren Volfs-Claffen fam es ihm auf einen ächten Vorftadt-Ausdruck nicht an, und fo gehörte es, wenn er fich anfchickte feinen Sitz im Wagen zu befteigen, zu feinen beliebten Redensarten: „Laß' ma's füri geh'n!"... eine Thury-Wendung für das englifche „All right!" Alsbald ging's „füri", und von weitem fchon vernahm und gewahrte man was fich da heranbewegte, und alles lief an dem Weg zufammen, um den pomphaften Zug immer wieder von neuem zu fehen, vor dem freundlichen Herrn in Civilfleidern, der im Wagen faß, den Hut zu ziehen und von ihm den Gegengruß zu empfangen. Der

Erzherzog liebte die Menge, es war ihm Herzensbedürfnis von jedermann gesehen und gegrüßt zu werden, und darum wurde die Ausfahrt regelmäßig so eingerichtet, daß der sechsspännige Wagen über den innern Burgplatz fuhr, während daselbst die Militär-Musik spielte, worauf diese die angefangene Pièce unterbrach und die Kaiser-Hymne anstimmte, während der um sie gegliederte dichte Kreis sich löste, um vor dem vorbeifahrenden Erzherzog Spalier zu machen. Die Fahrt durch die engeren menschenerfüllten Straßen der innern Stadt, aber auch die vielbelebte Jägerzeile hinab, war nicht ohne Schwierigkeit, und die reitenden Kutscher hatten oft ihre liebe Noth, ihr Gespann in ununterbrochenem gleichmäßigen Tempo zwischen den zahlreichen Kutschen und Fiakers, den schwerfälligen Omnibus und den ungelenken Tramways heil durchzubringen. Die Kutscher bezogen für jede solche Fahrt nach altem Herkommen Diäten, und dies, damit sie nämlich nicht um die gewohnten Sporteln kämen, war mit ein Grund warum der Erzherzog den Sechsersing bis an sein Lebensende beibehielt.

Die Fahrt ging in den Prater, in dessen Haupt-Allee zur Linken ausgestiegen und dann, mit dem Obersthofmeister oder dienstthuenden Kammerherrn zur Seite, der Marsch zu Fuß angetreten wurde. Nur wenn das Wetter zu schlecht, ließ der Erzherzog statt in den Prater nach Schönbrunn fahren, in dessen Park er sich trotz Schnee und Regens erging. Denn er war ein unermüdlicher Spaziergänger, welche Eigenschaft er nicht eben bei jedem voraussetzen konnte und bei seiner angebornen Herzensgüte nicht immer in Anspruch nehmen wollte. Dann ließ er wohl seiner Kammer sagen, er werde heute nicht ausfahren; er that es aber doch, und zwar allein, gleichsam als habe er sich eines andern besonnen und könne den Befehl wegen der Begleitung nun nicht mehr ertheilen; er wollte eben niemand beleidigen! Im Prater und in Schönbrunn kannte er jeden Baum, aber auch all die gewöhnlichen Spaziergänger die ihm da entgegenkamen; es fiel ihm jeder auf, den er mehr als einmal sah, und wenn es irgend thunlich, mußte seine Begleitung es auskunden wes Namens und Standes der Betreffende sei. So nahm er auch jeden

Wechsel wahr, der in der gewohnten Umgebung etwa vorgefallen. Zur Rechten vom Haupteingange in die Prater-Allee bestand früherer Zeit eine Schmiede, vor der man eines Tages eine unruhige Versammlung von allerhand Leuten sah. Einer der Bedienten erhielt den Auftrag sich nach dem Anlaß zu erkundigen; der Schmied, hieß es, schulde 400 Gulden, die er nicht zahlen könne und um derentwillen er gepfändet werden solle. Als Franz Karl am andern Tage zur bestimmten Zeit in den Prater fuhr, war alles im alten Stande. „Sehn's", sagte der Erzherzog zu seinem Begleiter, „der Schmied treibt wieder sein Geschäft!" Er sagte aber nicht, daß er dem Schuldner die 400 Gulden geschickt und ihn damit aus seiner Noth erlöst hatte.

Der Ruf von dieser angebornen Herzensgüte, von diesem fast un-erschöpflichen Wohlthätigkeitstrieb machte den Erzherzog mehr und mehr zur Zielscheibe aller Art von Bettelei. Wie oft geschah es, daß ihm auf der Promenade Gesuche überreicht oder auch mündlich vorgetragen wurden, wobei er das Einschreiten der Polizei, die Auftrag hatte derlei Zudring-lichkeiten abzuhalten, in keiner Weise duldete. So wußte er auch in der schönen Jahreszeit das Augenmerk der Hofburgwache, die in den Schön-brunner Räumen keine Bettelei dulden sollte, mehr als einmal dadurch abzulenken, daß er solchen, die ihm ihr Anliegen vortragen wollten, an einem bestimmten Platz des Parkes das Stelldichein gab. Lag die Ge-währung der Bitte in seiner Macht, so erfreute den Gesuchsteller ein freundliches: „Von Herzen gern", und das war keine bloße Redensart; wenn der Erzherzog half und gutes that, so geschah es wirklich „von Herzen gern."

Ausfahrt und Fußmarsch währten bis gegen 4 Uhr, worauf ein Stündchen der Lectüre gewidmet wurde. Um 5 Uhr war Tafel. Außer seiner erlauchten Gemahlin, dem erzherzoglichen Obersthofmeister oder Kammerherrn vom Tage und der dienstthuenden Hofdame der Frau Erzherzogin waren gewöhnlich drei bis vier Personen geladen; denn da Franz Karl Menschen liebte, liebte er auch Gäste und Tischgespräch. Der Stoff wurde vom Erzherzog oder der Erzherzogin durch Anknüpfung mit einem der Geladenen eingeleitet, wodurch die Conversation, da auch die Andern ihre Bemerkungen einmischten, eine allgemeine wurde. Denn es war von Seite der höchsten Herrschaften dafür gesorgt nur solche Themata anzuschlagen, durch die sich niemand beengt oder beschwert fühlen konnte; persönliche Verhältnisse des Angeredeten, Stadtereignisse von allgemeinem Interesse, Theater, neue Erscheinungen der Literatur u. dgl. gewährten ausreichende Abwechslung. War einer der Tafelgenossen ein Würdenträger aus der „Provinz", so bot diese einen willkommenen Gesprächsstoff, wobei der Erzherzog mit einer eben so anmuthigen als anspruchslosen Selbstgefälligkeit Proben seiner enormen Detail-Kenntnis zu geben wußte. Als ich eines Tages die Ehre hatte zugleich mit dem gegenwärtigen Statthalter von Dalmatien zur erzherzoglichen Tafel ge- zogen zu sein, kam Franz Karl auf jene Reise zu sprechen, die er zwei bis drei Decennien früher in den Süden des Reiches unternommen hatte, und wußte jede Station, die er dabei berührt, mit Namen zu be- zeichnen und allerhand Einzelheiten daran zu knüpfen, so daß Baron Rodich nach der Tafel gegen uns Andere im Vertrauen äußerte: „es sei geradezu staunenswerth, wie der Gnädigste Herr Dinge in der Erinnerung behalte, deren Auseinandersetzung selbst den Einheimischen in Verlegenheit genauer Auskunft setzen könnte."

Den Abend widmete der Erzherzog fast regelmäßig dem Besuche des Theaters, wobei das der Hofburg in erster Reihe stand. Aber auch Novitäten der Vorstadt-Theater gingen nicht leer aus, wobei er jedesmal sein Erscheinen voraus ankündigen ließ. Das Stadt-Theater, dessen gefeierter Director bei Franz Karl in großer Gunst stand, erfreute sich häufigen Erscheinens von seiner Seite; fand er an einem neuen Stücke besondern Gefallen, so erschien er auch wohl bei der zweiten Vor- stellung. An Beifall für die Darstellenden ließ er es nicht fehlen; es that ihm wohl solchen zu spenden und dann, in seine Appartements zurück- gelehrt, seiner Umgebung mitzutheilen: „Heut' hab' i wieder 'pascht!"

In unserem Kaiserhause ist früh aufstehen und zeitlich zu Bette gehen hergebracht. Von letzterem machte Erzherzog Franz Karl nur

35

etwa in der Faschingszeit eine Ausnahme, wenn er die Redoute am sogenannten fetten Donnerstage besuchte, auch die Blinden-Redoute genannt, weil sie M a n u f f i zum Besten der beiden Blinden-Institute in Scene zu setzen pflegte. Da verweilte der Erzherzog auch wohl bis 2 Uhr Nachts, immer mit Masken beschäftigt, die sich heranbrängten, um ihn mit Fragen und Neckereien zu bestürmen. Es waren häufig Künstlerinnen vom Theater, aber auch Damen vom Hofe; selbst die Erzherzogin S o p h i e soll sich ein und das anderemal vermummt haben, um ihren Gemahl zu ihrem und zu seinem Vergnügen zu intriguiren. Und jedem unbetheiligten Dritten gewährte es Freude, den lieben freundlichen Erzherzog da stehen zu sehen, meist die Hände über dem Rücken ineinander gehalten, das Haupt nach vorn geneigt und mit dem Lächeln der Befriedigung den schelmischen Dingen horchend, die an den Mann zu bringen man sich unter dem Schutze der Maskenfreiheit erlauben durfte.

Auf die frohe Faschingszeit folgte die Fasten, die der Erzherzog mit frommem Ernste beging. Dahin gehörte der Besuch der Nachmittags-Predigten in der Universitäts-Kirche; der gefeierte Kanzelredner P. K l i n k o w s t r ö m hatte wenig aufmerksamere und erbautere Zuhörer als den Erzherzog und die Erzherzogin. Regelmäßig betheiligte sich ersterer auch an den Feierlichkeiten der Charwoche, von der Speisung der Armen am Gründonnerstage, denen der hohe Herr mit rührender Beflissenheit Schüssel und Becher reichte und dann die gewaschenen Füße trocknete, bis zum Toison-Fest am Ostersonntage, wo alles in Freude und Herrlichkeit glänzt. Seine Gemahlin wohnte diesen kirchlichen Handlungen gewöhnlich von ihrem Oratorium aus bei.

* * *

Den Schluß des Winteraufenthaltes bildete in der Regel der 1. Mai, wo es dem Erzherzog Herzensfreude war, die kaiserliche Familie in seinem Rosengarten links vom Haupteingange des Praters um sich zu sehen und in dem Pavillon desselben zu bewirthen. Seit langen Decennien zählt dem Wiener ein schöner 1. Mai zu den Seltenheiten, das Praterfest der kaiserlichen Familie aber unterblieb auch bei ungünstiger Witterung nicht; der Vater des Kaisers hielt darauf, daß die hergebrachte Uebung keinen Abbruch erleide.

Nach dem 1. Mai erfolgte gewöhnlich die Uebersiedlung nach Schönbrunn, wo die erzherzogliche Familie die ersten Wochen der schönen Jahreszeit zubrachte. Franz Karl bewohnte daselbst den ersten Stock des linken Flügels, von der Hofseite gerechnet, über jenen ebenerdigen Appartements, die von der zweiten Hälfte der sechziger Jahre der Kronprinz zu bewohnen pflegte. Der Erzherzog erging sich im Parke mit Lust, häufig ohne alle Begleitung, und manche Anekdoten knüpften sich im Volksmund an diese Spaziergänge. So von jenem Manne aus dem Volke, von welchem er um den Weg nach Hietzing gefragt wurde. „Kommen S' nur mit mir", sagte der Erzherzog, „ich geh auch dahin." Unterwegs ließ er sich von seinem Begleiter dessen Lebensumstände erzählen; es war ein „Huterer" von Gewerb, dem es nicht zum besten ging. Franz Karl beredete ihn mit ihm in's Schloß zu gehen, wo er ihn warten und ihm dann einen größeren Betrag einhändigen ließ. Ein andermal, da sich der Erzherzog allein im Parterre des Parkes erging, trat er, um eine Blume näher zu besehen oder zu pflücken, in den Rasen hinein, worauf ein Mann der Hofburgwache herbeikam, um ihn aufmerksam zu machen, daß dies nicht gestattet sei. Der Erzherzog sagte nichts, ging weiter und trat bald darauf wieder an ein Beet, aus welchem er eine Blume nahm. Jetzt kam der Wachmann, der ihn nicht aus den Augen gelassen, auf ihn losgestürzt: „er müsse ihn arretiren." „No no", sagte der Erzherzog, „so geh' i halt mit." Der diensteifrige Soldat wollte vor Scham und Schrecken in die Knie sinken als er, auf der Wachtstube angelangt, belehrt wurde, gegen wen er da so streng verfahren sei. Der Erzherzog nahm den Mann in Schutz, erklärte er habe nur seine Pflicht gethan, und verbat es sich ausdrücklich daß über denselben eine Strafe verhängt werde. Wenn ihn etwas bei dem Auftritte wurmte, so war es der Gedanke, daß der Soldat den Vater seines Kaisers nicht gekannt habe. Der Erzherzogin S o p h i e aber, der

37

er lachend die Geschichte erzählte, sagte er: „Schau, jetzt weiß ich doch wie einem ist, wenn er eing'sperrt werden soll!"

Die Sommer-Monate, meist bis tief in den Herbst hinein, wurden alljährlich in Ischl zugebracht, das sein schönes und rasches Aufblühen gewiß zu einem großen Theile diesem erzherzoglichen Aufenthalte verdankt. Franz Karl stand in Ischl schon um halb 7 Uhr auf und hörte um halb 8 die Schulmesse, da ihn der Gesang der Kinder labte und erquickte. Jeden Freitag wurde außerdem der Kalvarien-Berg bestiegen, dessen Capelle er sich von dem daselbst hausenden Weibe aufsperren ließ. Am Sonnabend galt der fromme Besuch, wo immer der Erzherzog des Sommers weilte, einer benachbarten Wallfahrtskirche: so von Ischl nach Maria-Laufen, von Salzburg nach Maria-Plain, von Innsbruck nach Maria-Absam, von Schönbrunn nach Maria-Hietzing. Es war da immer eine Messe für ihn bestellt, und daß die Dienstthuenden, vom celebrirenden Geistlichen bis zum Kerzentreib herab, nicht schlecht dabei weglamen braucht nicht gesagt zu werden. An die Stelle der Prater- und Schönbrunner-Fahrten traten in Ischl Spaziergänge stundenweit in die Umgegend, wo er jedes Haus, jeden Busch und Hang, oder auch fast jedes Bäuerlein und alte Mütterchen, ja jedes Kind kannte. Entgegenkommende, an deren Gesichtsausdruck ihm etwas auffiel, wurden angesprochen; in Hütten, wo er Gebrechliche oder Zurückbleibende wußte, wurde eingetreten; die kleinen Leiden und Freuden des Einzelnen, aber auch was die Feldwirthschaft und die Jahreszeit, die Verhältnisse der Gemeinde im allgemeinen berührte, fanden an ihm einen theilnahmsvollen Besprecher und, wo nöthig, Helfer und Unterstützer. Für diesen Zweck nahm er sich täglich fünf Gulden in Banknoten und, war es ein weiterer Spaziergang wie etwa nach Laufen, drei Fünfer-Banknoten und einen Gulden in neuen Zehnkreuzerstücken mit. Reichte er damit nicht aus, so mußte sein Kammerdiener oder Leiblakai aushelfen, denn es zu Hause durch das Secretariat rückgezahlt wurde. Berieth er sich in einem Falle mit seiner Begleitung wie viel etwa zu geben wäre und nannte diese einen Betrag, so gab er gewiß mehr: „Er wird's schon brauchen, er hat viel Kinder!" Hörte er von einer Krankheit oder sonst einem Unglück in einer bedürftigen Familie, so säumte er keinen Augenblick ihr die ausgiebigste Unterstützung zukommen zu lassen.

Bei den häufigen Promenade-Stegreif-Acten der erzherzoglichen Wohlthätigkeit fehlte es nicht an komischen Intermezzes. Eines Abends, da Franz Karl und seine Gemahlin auf dem Rückwege nach Ischl waren, kam ihnen ein Mann entgegen der eine Kuh führte und ein sehr trauriges Gesicht machte. Auf die Frage, was ihn bedrücke, erzählte er, es sei heute Jahrmarkt in Ischl gewesen und er habe seine Kuh nicht angebracht und wisse nicht, wo er das Geld hernehmen solle, die fällige Steuer zu bezahlen. Der Erzherzog frug um den Preis der Kuh, sagte dann, er kaufe sie ihm ab, und ließ dem überglücklichen Mann das Geld dafür einhändigen. Er hatte noch nicht diesen Handel abgeschlossen, als ein zweites Bäuerlein des Weges kam, mit dessen Kuh und Steuer es ein ähnliches Bewandtniß hatte; der Erzherzog, einmal im Profitmachen drin, kaufte auch dieses Stück. Der Lakai hatte nun zwei Kühe zu halten, mit denen er, während der Erzherzog und die Erzherzogin ihren Heimweg fortsetzten, nicht wußte was er anfangen sollte. Franz Karl sah sich ein paarmal um, bis die beiden Bauern eine ziemliche Strecke entfernt waren; dann winkte er seinem Lakai und befahl ihm die Kühe den Verkäufern wieder zurückzustellen. Diese meinten, den hohen Herrn gereue der Handel, und waren nicht wenig erstaunt und erfreut, als ihnen gesagt wurde, sie sollten ihre Kühe behalten und das Geld dazu.

Ein andermal, auf dem Rückwege aus Goisern, waren aus einem der Häuschen nächst der Straße durchdringende Klagelaute zu vernehmen, denen der Erzherzog nachging; er war diesmal allein und nur von einem Leiblakai gefolgt. Letzterer wurde abgeschickt zu forschen was es gebe und kam mit der Botschaft zurück, das Jammern und Wehklagen rühre von der Bewohnerin des Häuschens her, der ihre einzige Kuh umgestanden sei. Nun trat der Erzherzog selbst ein und suchte in seiner herablassenden Weise das Weib zu trösten, indem er dabei meinte, wie sie denn wegen eines gefallenen Viehes gar so lamentiren und schluchzen möge. Das Weib erklärte, die Kuh sei ihr bestes Stück gewesen, die reichlich vortreffliche Milch gegeben habe; „eine gute Kuh", setzte sie auf weiteres Befragen hinzu, „komme auf 40 bis 80 fl. zu stehen"; sie indessen wäre schon mit einem Stück von 40 fl. als Ersatz für ihren Verlust zufrieden." Der Erzherzog tröstete die fortwährend Weinende so gut er konnte, und bestellte sie für den andern Tag in seinen Sommersitz, wo er ihr einen Betrag von 80 fl. einhändigte. „A, Sö glaub'n gar nöd, gnädiger Herr", sagte die nun vollkommen beruhigte Frau, „was bös für a brave Kuh g'wesen is; wann ma mei Mann g'storben war, war ma nöd so load g'wesen wie um dö Kuh!" Der Erzherzog mußte über diese treuherzige Charakterisirung ihres Schmerzes herzlich lachen und pflegte noch in späteren Jahren, wenn es die Gelegenheit gab, bei Tische von dem Weibe zu erzählen, dem die Kuh mehr werth gewesen als ihr Mann. . . .

An Samstagen so wie am Vorabend vor einem heiligen Festtage wohnte das erzherzogliche Paar dem üblichen Nachmittagsegen bei. Am Abend aber mußte Franz Karl sein Theater haben, wie in Wien in der Burg. Er unterstützte die spielende Truppe in der freigebigsten Weise, indem er alle nicht verkauften Plätze für sich nahm, so daß der Director Abend für Abend die Einnahme eines vollen Hauses hatte. Dafür behielt sich der Erzherzog seinen Einfluß auf das Repertoir vor. Als er einst erfuhr, daß sich unter den Mitgliedern der Truppe ein Affen-Darsteller befinde, mußte sogleich „Der Affe als Bräutigam" einstudirt werden, ein Stück, das in den vierziger Jahren für den bekannten Kautschul-Mann Klišnil abgefaßt worden war und in jener Zeit viel Aufsehen gemacht hatte. Es übte auch jetzt noch auf das Ischler Publicum seine Zugkraft, und der erzherzogliche Regisseur konnte mit seinem Einfall zufrieden sein.

Unter den Punkten, wohin das erzherzogliche Paar von Ischl Ausflüge unternahm, gehörte St. Wolfgang und dessen See. Es wurden da auch Wasserfahrten unternommen, bis sich eines Tages ein Unfall ereignete, der dem Erzherzog und seiner Gemahlin die Lust an diesem

Sport verleidete. Der König und die Königin von Sachsen befanden sich bei ihnen auf Besuch und man war nach St. Wolfgang gefahren, um sich über den See rudern zu lassen. Es waren alle Schiffe genommen bis auf ein am Ufer liegendes altes Fahrzeug, das denn in Ermangelung eines bessern bestiegen wurde. Man genoß aber nicht lang der schaukelnden Bewegung, als man gewahrte, daß das lecke Schiff Wasser fing und sich mit bedenklicher Raschheit füllte. Glücklicherweise war man nicht weit gefahren, kehrte augenblicklich um und gelangte noch zur rechten Zeit an's Ufer, da schon das Fahrzeug dem Untersinken nahe war. . . . Die Wasserfahrten auf dem See unterblieben seitdem, nicht so die Spazier-gänge an dessen reizenden Gestaden. Eine große schattige Linde staud da mit ihrer schön-profilirten blättervollen Krone, die dem Erzherzog von jeher lieb war. Eines Tages wurde ihm zugetragen: der Baum solle gefällt werden. Warum? Die Besitzer befänden sich in Noth und müßten das Holz zu Geld machen. Sogleich sandte Franz Karl den nöthigen Betrag und ließ sagen: „er kaufe den Baum." Hier aber wurde seine Güte mißbraucht. Denn die Sache wurde für die „schlichten Landleute" („Nos bons villageois"!) zu einer Speculation, und so oft sie einen gewissen Betrag brauchten oder wünschten, gelangte an den Erzherzog die Kunde: der schöne Lindenbaum müsse denn doch umgehauen werden. Er wurde es aber nicht, so lang der gute Erzherzog lebte, denn der „kaufte" ihn immer von neuem. . .

Zu den größeren Ausflügen, die des Jahres mindestens einmal unternommen wurden, und zwar in der Regel gemeinschaftlich von dem erzherzoglichen Paare, gehörte die Wallfahrt nach Maria-Zell. Das fromme Bedürfnis an doppelt geweihter Stelle die Sacramente des Herrn zu empfangen, aber auch die Reize der Lage und Umgebung dieses Gnadenortes und der Reise dahin, wirkten zusammen, den erlauchten Gatten diesen Besuch zu einer angenehmen Pflicht zu machen. Ihr Absteige-Quartier war die „alte Post"; die Beamten des Bezirks-gerichts so wie des nahen Gußwerkes, dann die Geistlichen der Propstei wurden abwechselnd zur Tafel gezogen.

Der Erzherzog und die Erzherzogin verlängerten ihren Aufenthalt in Ischl meist über die Saison der übrigen Sommergäste hinaus, gewöhnlich bis in die erste Hälfte November. Das Theater-Personale mußte auch so lang bleiben. Franz Karl unterhielt es jetzt allein, ließ die Billets unter die Bewohner des Ortes vertheilen und bestimmte die Stücke, die aufgeführt werden sollten. Auch die Musik-Capelle, die während der Kurzeit täglich auf der Promenade spielte, wurde behalten, um sich zur Mittagsstunde vor der erzherzoglichen Wohnung zu probneiren. Aber auch ernstere Kundgebungen, die in diese Wochen fielen, fanden an dem Erzherzog einen gewissenhaften Theilnehmer. In Ischl herrscht die fromme Sitte, daß zu Allerheiligen nachmittags und an Allerseelen vormittags, 1. und 2. November, vom Ortspfarrer eine Procession auf den Friedhof geführt wird um dort für die Verstorbenen zu beten. Franz Karl unterließ es nie, sich an diesem Kirchengang zu betheiligen und den Weg hin und zurück selbst bei ungünstiger Witterung mit entblößtem Haupte zu machen.

* * *

Den Schluß der Sommer- und Herbstzeit bildete der Aufenthalt in Salzburg, wo bis zu ihrem Tode alljährlich die Kaiserin Karolina Augusta weilte und seither die großherzoglich-toscanische Familie ihren zeitweisen Sitz aufzuschlagen pflegt. Auch hier hatten die Armen und Bedürftigen die Anwesenheit des erzherzoglichen Paares zu segnen. Wenn Franz Karl den Brückensteg passirte erhielt der Mauthner jedesmal eine Fünfer-Banknote, und der Erzherzog wußte seine Spaziergänge so einzurichten daß der gute Mann oft genug zu diesem Feiertagsgelde kam. Eben so viel erhielten die Kirchleute von Maria-Plain für das jedesmalige Kehren der Stiege, so oft er diesen Wallfahrtsort besuchte. An Sonntagen wohnte er einer stillen Messe in der Franciscaner-Kirche bei, dann hörte er die Predigt im Dome und darnach wurde das Hochamt, wieder bei den Franciscanern, besucht. Mitunter gab es Concerte bei Hofe. Die berühmte Harfenspielerin Maria Mößmer war ein Schützling der

Kaiferin K a r o l i n a A u g u ft a, welche das begabte Mädchen auf ihre Kosten hatte ausbilden lassen. Seither hatte die Künstlerin den Grafen Philipp S p a u r geheiratet, und wenn die Gatten zugleich mit dem erzherzoglichen Paare in Salzburg weilten, kam mitunter eine Einladung sich bei Hofe einzufinden, zugleich mit der Bitte an den Grafen, er wolle gestatten daß seine Gemahlin ihre Harfe mitbringe und den höchsten Herrschaften den Genuß ihres entzückenden und ergreifenden Spieles bereite.

Zu erwähnen ist schließlich daß der Erzherzog in Salzburg nicht selten den Harun al Raschid spielte. In der guten Stadt Salzburg pflegte es nämlich zu geschehen — es soll auch andere Orte unserer Monarchie geben wo dergleichen vorkommt! —, daß die weisesten und strengsten Sicherheitsvorschriften erlassen, aber von den berufenen Organen nicht gewissenhaft überwacht und darum von den Verpflichteten nicht genau befolgt werden. So lautet ein Gebot, daß kein Kutscher sein Fuhrwerk auf der Straße allein lasse; aber die Fiaker und Einspänner ließen es sich nicht nehmen, wenn sie ihren „Stand" in der Nähe einer renommirten Bierquelle hatten, Wagen und Pferd dem Schutze des frommen Einsiedlers Fiacrius anzuvertrauen und sich in der Zwischenzeit im Felsenkeller ꝛc. mit edlem Gerstensaft zu laben. Wenn nun der Erzherzog Harun, das Gebiet der Stadt durchstreifend, etwas dergleichen gewahrte, ließ er unerbittlich die Anzeige machen und soll es in der That mit den Jahren dahin gebracht haben, daß in der altberühmten Erzbisthums-Stadt Polizei-Vorschriften nicht blos erlassen, sondern auch beobachtet und eingehalten wurden.

5.

Vom Ende der Fünfziger-Jahre traf den Erzherzog manches, was ihn tief und schmerzlich berührte.

F r a n z K a r l konnte lieben und .. hassen? Nein, das konnte er nicht; sagen wir lieber: er konnte auch nicht-lieben, z. B. das preußische Königshaus seit dessen freund-nachbarlichem Einfall in Böhmen 1866, wozu es freilich — so sagten uns ja die preußischen Blätter! — durch unsere drohende und herausfordernde Haltung gezwungen worden, und seit der Selbsterwerbung der deutschen Kaiserkrone 1871, die sich König Wilhelm als Eroberer auf's Haupt setzen lassen, nachdem sie zwanzig Jahre früher Friedrich Wilhelm IV. als Erwählter von der Hand gewiesen. In dem erzherzoglichen Paare wurzelte tief das alt-habsburgische Hochgefühl; von den manchen Schlägen, von denen das Reich ihrer Ahnen seit 1859 heimgesucht worden, hat Beide keiner so tief in das Innerste getroffen. Auch haben sie daraus kein Hehl gemacht. So alliirt und befreundet das österreichische und das preußische Herrscherhaus vordem gewesen, seit dem Riß von 1866 hat es das erzherzogliche Paar nie über sich vermocht mit einem Gaste von der Spree dieselbe Luft einzuathmen. „I bin nit bös", pflegte Franz Karl zu sagen, „aber seh'n mag i sie nit!" Kaiser Wilhelm und der Kronprinz sind seither wiederholt nach Oesterreich gekommen; Franz Karl und Sophie wußten es stets so einzurichten, daß sie für die Gäste aus dem Norden nicht zu finden waren. Wurde der deutsche Besuch für Ischl angekündigt, so verließen ein paar Tage früher der Erzherzog und die Erzherzogin den liebgewordenen Sommeraufenthalt, um erst später dahin zurückzukehren. Auch der große Kron- und Thron- ... Annectirer von Italien, als er zu uns auf Besuch kam, hat es nicht dahin gebracht das Angesicht des Vaters unseres Kaisers zu schauen.

Im Jahre 1867 erfolgte die schauderhafte Katastrophe in Mexiko, deren brennenden Schmerz die beiden Ältern gemeinschaftlich trugen, bis am 28. Mai 1872 der Erzherzog von seiner treuen Gefährtin für dieses Leben verlassen wurde; es fehlten nicht ganz zwei und ein halb Jahre und sie würden die goldene Hochzeit haben feiern können. Franz Karl behielt die Damen, die zuletzt im Hofstaat seiner verstorbenen Gemahlin gewesen, in seiner Umgebung; sie bildeten seine stete Gesellschaft, sie waren die Begleiterinnen auf seinen Ischler Ausflügen, sie gaben seine Vorleserinnen ab, wie in den letzten Jahren die Erzherzogin Sophie dieses Amt verwaltet hatte. Auch im übrigen blieb Franz Karl seinen gewohnten Neigungen und Uebungen treu. Schenken und Gutes thun waren die Erquickung seines Herzens; wohlthätige Anstalten wurden besucht und bedacht, wo möglich noch reichlicher als früher. Eines Tages, da ich als Präsident mit Herrn Johann Nepomuk Waldschütz als erstem Vice-Präsidenten des österreichischen Volksschriften-Vereines Audienz bei unserem erlauchten Protector hatten, kam das Gespräch auf die Neubauer Volksküche, und Waldschütz erlaubte sich's Se. kais. Hoheit zu einer Besichtigung derselben einzuladen. Der Erzherzog sagte vom Flecke weg zu, und in der That ein paar Tage darauf erschien er in Begleitung seines Obristhofmeisters und des Kämmerers Grafen Bombelles.

Comité's vorstellen, deren er nicht wenige durch Fragen über Namensvettern oder Anverwandte, die er in früherer Zeit gekannt, überraschte. „Da bin ich ja unter lauter alten Wienern", sagte er, „und ich Franz Karl ließ sich die Herren und Frauen des bin selbst einer", fügte er bei. Er ging dann durch alle Räume, sprach hier einen dort einen der an den Tischen sich Labenden an, kostete von den für sie bestimmten Speisen, erkundigte sich nach den Verhältnissen der Anstalt. Das Loos der „kleinen Beamten" hatte ihm von jeher besonders am Herzen gelegen; ihre Lage, meinte er, sei ungünstiger als die der kleinen Gewerbetreibenden. Er erzählte, wie er in den ehemaligen Suppen-Anstalten wiederholt solche getroffen und wie ihn dies Elend tief gerührt habe: „hier in der Volksküche braucht sich niemand zu schämen, weil da nichts geschenkt

wird." Beim Scheiden theilte Graf Wurmbrand der Vorsteherin Frau
Th. Kilian mit, daß der Herr Erzherzog einen Betrag für die Anstalt
angewiesen habe. In Ischl und Umgebung waren es besonders die Kinder-
anstalten, denen Franz Karl seine freigebige Theilnahme zuwandte;
er besuchte sie von Zeit zu Zeit, beschenkte die Kinder an Festtagen mit
Zuckerwerk, Lebkuchen, ließ für den Winter jene, welche die Ortsschule
besuchten, mit Suppe betheilen, sorgte für eine Bibliothek 2c. Die Rubrik
„Betheilungen" steigerte sich in seinem Budget von Jahr zu Jahr, so
daß seine Kammer mit der Bewältigung dieser Ausgaben mehr und mehr
in's Gedränge kam. Nicht selten ging schon in den ersten Monaten des
Jahres zur Neige, womit man bis Ende December ausreichen sollte.

Daß seine nächste Umgebung, die Dienerschaft seines Hofes, es bei
keinem Herrn besser haben konnte, braucht kaum erwähnt zu werden. Das
„leben und leben lassen" übte er in der herablassendsten und herzlichsten
Weise. Wenn er auf der Reise war und im Gasthofe weilte, überließ er
seiner Dienerschaft stets die Wahl der Speisen, und bezeugte seine Freude
wenn er auf sein Befragen erfuhr, daß sie sich's wohl hatte ergehen
lassen. Er kannte alle, selbst die Kutscher die ihn von Zeit zu Zeit
führten, bei Namen, wußte um ihre Kinder, erkundigte sich um ihre
häuslichen Verhältnisse, worüber ihm in der Regel sein Kammerdiener
beim An- und Auskleiden Auskunft geben mußte. Kam eine Erkrankung
vor oder wurde eine Badekur angerathen, so wurden alle Auslagen aus
der erzherzoglichen Cassa bestritten, Reisegeld, Honorar für den Arzt,
Heilmittel und Mineralwässer; trat ein Todesfall ein, so mußte Vorsorge
für die Hinterbliebenen getroffen werden. Er hatte überhaupt eine herz-
gewinnende Art mit Personen der untern Stände umzugehen. „Abieu,
mein Lieber", hieß es, wenn er sich von ihnen verabschiedete, „bleiben S'
g'sund bis wir uns wiedersehen."

So war auch sein letzter Abschied von Ischl. Dem Andenken seiner
edlen Gemahlin hatte er eine Capelle geweiht, wohin ihn täglich sein
Weg führte. Wenn er seit ihrem Tode nach Ischl kam, war sein erstes
die alten, oft besuchten Spaziergänge und Plätzchen aufzusuchen und

bekannte Ischler, die ihm begegneten, nach den Aussichten für den Sommer zu befragen. Ein beliebter Endpunkt seiner Ausflüge war Langenwies, der freundliche Ort, von dessen Wirthshausgarten man einen reizenden Ausblick auf die hohe Schrott und die Spitzen des Wildenkogels genießt. Dort nahm er seinen Abend-Imbiß, dort erwarteten ihn die Damen der verstorbenen Erzherzogin, in deren Begleitung der Heimweg angetreten wurde. Das Bild der Verklärten schwebte ihm stets vor. „Sie ist mir vorangegangen", pflegte er zu sagen, „und wird mir oben Platz machen." Die Zeiten waren hart für die an den Erwerb Gewiesenen und wurden es, obwohl man immer meinte jetzt habe die Stockung den niedrigsten Punkt erreicht, von einem Jahre zum andern mehr. Der Erzherzog tröstete bei jeder Gelegenheit, für seine Ischler sollte geschehen was in seiner Macht war. „Adieu, meine Herren", sagte er im Herbst 1877, als die Honoratioren des Ortes zum Abschied vor ihm erschienen, „es wird schon besser werden, und wir kommen alle wieder zu Euch, der Kaiser und die Kaiserin, sie haben es mir versprochen!" .. Der Kaiser und die Kaiserin kamen, und werden oftmals wieder kommen, nicht so „der gute alte Herr!"...

*　*　*

Zwar bei seiner Rückkunft nach Wien schien nichts zu besorgen.[*]) Er hatte in den letzten Jahren, seit dem Tode der Erzherzogin, mancherlei

---

[*]) Hofstaat des Erzherzogs F r a n z K a r l im Jahre 1878:
Oberſthofmeiſter: GR. Ferdinand Graf Wurmbrand-Stuppach.
Dienſtkämmerer: Oberſt Ludwig Graf Waldburg-Zeil-Trauchburg.
　　　　　Rittmeiſter Graf Ladislaus Pejacsevich.
Secretair: Hofrath Chriſtoph Freiherr v. Columbus.
Secretariats-Official: Adolph Zinner.
Kammerdiener: Thomas Heinbl.
　　　　　Franz Klaſſenböck.
Kammer-Thürhüter: Wenzel Brbletý.
Saal-Thürhüter: Joseph Eberhard.

erlitten — so war er im Jahre 1873 beim Eintritt in die Hof-Loge über eine Stufe gefallen und hatte sich dabei eine Zerrung oder Verrenkung zugezogen, die ihn, den an vieles und ausdauerndes Gehen gewohnten, durch vier Monate an das Zimmer fesselte —; allein er hatte sich immer wieder erholt und schien wenig an Kräften verloren zu haben. Die Wiener sahen ihn, wie in früheren Jahren, täglich mit seinem Kaiserzug durch die Straßen fahren, immer die Hand an der Hutkrempe, immer sich freundlich verneigend und grüßend. Auch seinen Jagden ging der Erzherzog wie sonst nach. Es war im Januar 1878, wo er am Hermannskogel auf einem und demselben Stand nacheinander zwei Füchse, die an ihm fliehend vorübereilten, mit schnell gewechselten Gewehren niederstreckte. Das einzige was einen Unterschied gegen früher bildete, war, daß er seine Audienzen auf das geradezu unausweichliche beschränkte; wenn er dennoch sehen und sprechen wollte, der wurde zur Tafel gezogen, wo seine freundliche Gesprächigkeit durchaus im alten war.

Anfang Februar 1878 ging es mit den Kräften des heiligen Vaters sichtlich zu Ende. Erzherzog F r a n z K a r l nahm den wärmsten Antheil, und eben so lebhaft beschäftigten ihn die Vorgänge in Rom, als es nach dem Tode Pius IX., † 7. Februar, zur Wahl von dessen Nachfolger kam. Als die Nachricht von der Thronbesteigung Leo XIII. eintraf, fuhr F r a n z K a r l beim päpstlichen Nuntius vor und stattete demselben einen halbstündigen Besuch ab, um seine Freude über die glücklich vollzogene Papstwahl zu bezeugen.

In den ersten Märztagen stellte sich in Folge einer Erkältung bei der gewohnten Promenade ein Unwohlsein des Erzherzogs ein, worüber jedoch, nach seinem ausdrücklichen Wunsch, im Publicum nichts verlauten durfte. Auch der Hofball am Fasching-Dienstag, den der Kaiser absagen wollte, mußte auf die Bitten seines greisen Vaters in gewohnter Weise abgehalten werden. Der Kranke konnte sich nicht zur gewohnten Andacht in die Hofburg-Capelle begeben; es wurde deshalb in einem seiner Appartements ein Altar hergerichtet, wo er, in seinem Rollsessel sitzend und aus seinem Jahre lang gebrauchten Andachtsbuche betend, der heil. Messe beiwohnte.

Am Ascher-Mittwoch fühlte er, auf ein Mittel das ihm die Aerzte ver-
schrieben hatten, eine Erleichterung; doch verhehlten sie sich dessen
bedenklichen Zustand nicht, und unterließen eben so wenig die Majestäten
auf einen traurigen Ausgang vorzubereiten. Am Donnerstag wurde das
erste Bulletin ausgegeben, das ziemlich beruhigend lautete: der Herr
Erzherzog leide „seit mehreren Tagen an einer kolikartigen Darm-
Affection"; doch habe „das allgemeine Befinden bisher nur in mäßigem
Grade gelitten." Noch im Laufe des Tages zeigten sich ernstere Wahr-
zeichen, die Kräfte waren in rascher Abnahme. Am Freitag 8. März
glaubte Franz Karl sich etwas besser zu fühlen; doch ließ er gegen
9 Uhr den Ober-Hofcaplan Dr. Haubner zu sich bitten, um zu
beichten und sich das heil. Abendmahl reichen zu lassen. Letzteres fand
im Beisein des Kaisers und der Kaiserin, der Erzherzoge Karl
Ludwig und Ludwig Victor um 9 Uhr 45 Minuten mit großer
Andacht und tiefer Ergriffenheit aller Versammelten statt. Einer fehlte:
Kronprinz Rudolph, der aufstrebende Sproße des Hauses, an welchem
Erzherzog Franz Karl mit großväterlicher Liebe und Zärtlichkeit hing.
Der junge Prinz war auf einer Reise im Ausland begriffen, von welcher
man ihn, da man den Zustand seines Großvaters anfangs für nicht so
bedenklich gehalten, nicht voreilig hatte abberufen wollen.

Nachdem die heilige Handlung geendet, wurde der Erzherzog in
sein Krankenzimmer zurückgebracht, wo er, der keine Ahnung von seinem
lebensgefährlichen Zustand hatte, dem Priester mit innigen Worten für
dessen Mühewaltung dankte. Das um 11 Uhr ausgegebene zweite
Bulletin machte dem Publicum bekannt: daß es nicht gelungen sei „die
aufgehobene Durchgängigkeit des Darm-Canales" herzustellen; auch seien
in den Morgenstunden „leider Erscheinungen von rasch zunehmendem
gefahrdrohenden Verfall der Kräfte eingetreten." In der That zeigten
sich noch im Beisein der ordinirenden Aerzte Athembeklemmungen, das
Eintreten einer Herzlähmung wurde constatirt. Der Hof- und Burg-
pfarrer Prälat Dr. Mayer wurde in Eile herbeigerufen, der dem
Leidenden die letzte Wegzehrung spendete und sodann, während die

Majestäten und die beiden Erzherzöge in Thränen aufgelöst das Lager umstanden, die Gebete für die Sterbenden sprach. Das Bewußtsein des Kranken begann zu schwinden, kurz nach 12 Uhr hörten die Pulsschläge auf. Erzherzog F r a n z K a r l hatte nach 75 Jahren und drei Monaten seine irdische Wanderschaft geschlossen. . .

Die Bestürzung in der Stadt war um so größer, je weniger man nach den ausgegebenen Krankheitsberichten auf einen so raschen und so ernsten Verlauf gefaßt war. Die Trauer um den edlen Dahingeschiedenen war groß und aufrichtig, aus allen Theilen des Reiches tönte der Widerhall dankbarer Anerkennung seines liebevollen segenspendenden Wirkens, der Klage über den Verlust des erhabenen „Seniors" des regierenden Hauses, „der mit allen Fasern seines Herzens an seinem Oesterreich gehangen" (Prager Abendblatt). „Mit ihrem vielgeliebten Herrscher", hieß es in der „Czernowitzer-Zeitung", „mit dem vom tiefsten Schmerze gebeugten Sohne, mit den betrübten Mitgliedern des Allerhöchsten Herrscherhauses trauern die Völker des Kaiserstaates an dem Sarge des hohen Verblichenen, der ihnen im Leben mit seinem Herzen, mit seinem Fühlen und Thun so nahe stand, den die höchsten menschlichen Tugenden, die Güte und das Erbarmen zierten, dessen stets offene Hand reichlich gab, dessen ganzer Lebenslauf Wohlthun und Hülfebringen war." „In seiner Person", sagte der „Osservatore Triestino", „liebten alle nicht bloß den verehrten Vater Sr. Majestät des Kaisers, sondern auch den mit den ausgezeichnetsten bürgerlichen und häuslichen Tugenden geschmückten Prinzen" ꝛc. ꝛc.

Groß vor allem waren der Schmerz und die Trauer in Wien. Denn hier hatte seine Wiege gestanden, hier hatte er den weitaus größten Theil seines Lebens geweilt, hier war die Stätte seines reichsten wohlthätigen Wirkens! Und hatte sich der Verstorbene nicht selbst mit Vorliebe einen „alten Wiener" genannt? Gleich in den ersten Stunden nach der Todesnachricht wurden von einzelnen Häusern schwarze Fahnen ausgesteckt, deren Zahl von Stunde zu Stunde zunahm, so daß das Innere der Stadt ein Aussehen erhielt wie es in den alten Märchen heißt: „Und da tamen fie in eine Königsſtadt, da war aber alles ſchwarz verhangen, denn ein Prinz war geſtorben..." Sonntag den 10. März halb zehn Uhr abends fand die feierliche Uebertragung der Leiche in die Hofburg-Capelle ſtatt, am 11. um acht Uhr morgens nach abermaliger Ein-ſegnung begann der Zulaß des Publicums, das alle Plätze um die Kaiſerburg füllte und ſich herzudrängte, die geliebten und verehrten Züge noch einmal im Tode zu ſehen, die den Aelteſten von ihnen ſeit früheſter Erinnerung im Leben ſo oft und mit ſo herzgewinnender Freundlichkeit und Herablaſſung begegnet waren. Am 12. mittags wurde der Einlaß geſperrt, nachmittags fand mit althergebrachtem Kaiſergepränge die Bei-ſetzung des Herzens in der Auguſtiner-Kirche, der Eingeweide bei St. Stephan, um 4 Uhr Nachmittags das feierliche Leichenbegängnis und die Beiſetzung des Sarges bei den Kapuzinern ſtatt. Der Kaiſer, die Kaiſerin und der in großer Beſtürzung von ſeiner Reiſe herbeigeeilte Kronprinz, die Erzherzoge Karl Ludwig und Ludwig Victor, die ſämmtlichen Mitglieder des kaiſerlichen Hauſes, eine große Anzahl Prinzen und außerordentliche Geſandten als Beileidsträger auswärtiger Höfe, der Hofſtaat, wohnten in tiefer Trauer der Feierlichkeit bei, deren kirchliche Handlungen unter Theilnahme des Cardinal-Fürſt-Erzbiſchofs Schwar-zenberg und des päpſtlichen Nuntius Monſignore Jacobini, des Kapuziner-Convents von Wien und vieler hohen Kirchenfürſten des Reiches begangen wurden.

In den Landeshauptſtädten und allen größeren Orten der Monarchie wurden Traueranbachten abgehalten. Von dem Muſeum „Franciſco-Carolinum" in Linz hing eine ſchwarze Fahne herab. Alle die zahlreichen Anſtalten und Vereine, die in dem Verblichenen ihrem Beſchützer, ihren Theilnehmer und Wohlthäter verehrt hatten, ſandten Deputationen oder Beileids-Adreſſen an Se. Majeſtät den Kaiſer.

* * *

In dem Leben der Reichshauptſtadt gab es von jetzt eine Lücke. Die große Menge hängt an gewiſſen Außendingen, die ihr nicht bloß zur Befriedigung eitler Schaulust dienen, die ihr zugleich zu einem Gegenstand liebgewonnener Gewohnheit und Erinnerung geworden sind. Der verstorbene Erzherzog hatte gesagt: „Gehen will ich wie jeder Bürgerliche, fahren aber kaiserlich." So hatte er es geübt, und er war damit im Rechte. Das Volk liebt es allerdings und erkennt es dankbar an, wenn die Majestät und die Prinzen des Hauses in schlichter Weise in seiner Mitte verkehren, aber es liebt es auch und verlangt es sich, daß sie mitunter sich anders zeigen als der gewöhnliche Bürger oder Militär. Der berühmte Verfasser vom „Geist der Gesetze" hat als das belebende Princip der Monarchie die Ehre, die Auszeichnung hingestellt, und das sollte denn doch nicht so ganz außeracht gelassen werden. Wir können und sollen allerdings nicht zu dem steifen und strengen Formenwesen früherer Jahrhunderte zurückgreifen: der Geist der Zeit ist eben ein anderer geworden. Aber so ganz gleich jedem Andern in der äußern Erscheinung sollte doch nicht alles werden. Erzherzog F r a n z K a r l und seine vorausgegangene Gemahlin glaubten mindestens bei ihren Aus- fahrten einen gewissen Pomp entfalten zu sollen, und man wußte es ihnen im Publicum Dank. Es w a r etwas, wenn man von weitem her sagen hörte: „Da kommt die Mutter, da kommt der Vater unseres Kaisers gefahren", und wenn sich dann alles richtete, um den Zug vorbeirollen zu sehen und den gewinnenden Gegengruß der höchsten Herrschaften zu empfangen; es nahm sozusagen jeder ein Stück kaiserlicher Zuthunlichkeit und Gewogenheit mit sich nach Hause. Das ist nun dem Wiener ver- loren gegangen, und man mußte es sehen wie ihm das Herz aufging, als er im letzten Sommer das gewohnte Prachtgespann wieder einmal zu Gesicht bekam: es war als der Schah von Persien das kaiserliche Geschenk des Marius'schen Glaswagens erproben wollte. „Das sind die Schimmel des guten alten Erzherzogs", sagten die Leute und ihnen wurde bei der plötzlich auftauchenden Erinnerung weich und wohl im Gemüthe.

Darum hat auch keine der vielen bildlichen Darstellungen, zu denen das Hinscheiden des Erzherzogs F r a n z K a r l den Wiener Blättern

Anlaß geboten, besser in's schwarze getroffen als eine im „Kikeriki"
vom 14. März: „Die letzte Fahrt vom Erzherzog Franz Karl." In
der Zeichnung durchaus nicht künstlerisch, in der Ausführung nichts
weniger als fein, aber um so glücklicher im Gedanken und in der Er-
findung, zeigt sich da der Sechserzug des Verstorbenen, von reitenden
Engelchen mit Palmenzweigen in den Händen gelenkt, in vollem Galopp
auf Wolken gegen Himmel fahren. Unten seitwärts am Wege, die thränen-
vollen Augen mit einer Falte ihres Mantels verhüllend, steht „Vindo-
bona", welcher der Erzherzog aus dem Wagenfenster mit der Hand den
Abschiedsgruß zuwinkt; oben aber harrt Sanct Peter mit dem Schlüssel,
dem neuen Ankömmling die Pforten des Himmels zu öffnen. .

Ja Franz Karl hat es, so weit wir menschlich urtheilen und
richten können, um uns verdient, von der Erde schnurstracks in den
Himmel hinaufkutschirt zu werden! Ein lateinisches Sprüchwort lautet:
„De mortuis nil nisi bene — Von den Todten nichts als gutes!"
Franz Karl aber gehörte zu jenen, von welchen schon im Leben nur
gutes gesprochen wurde. Hatte er einen Feind? Hat er einen solchen auf
Erden zurückgelassen? . . .

R. I. P.